AF202517

Tucholsky   Wagner   Zola   Scott   Sydow   Freud   Schlegel
Turgenev   Wallace   Fonatne
Twain   Walther von der Vogelweide   Fouqué   Friedrich II. von Preußen
Weber   Freiligrath   Frey
Fechner   Fichte   Weiße Rose   von Fallersleben   Kant   Ernst   Richthofen   Frommel
Engels   Fielding   Hölderlin
Fehrs   Faber   Flaubert   Eichendorff   Tacitus   Dumas
Eliasberg   Ebner Eschenbach
Feuerbach   Maximilian I. von Habsburg   Fock   Eliot   Zweig
Ewald   Vergil
Goethe   Elisabeth von Österreich   London
Mendelssohn   Balzac   Shakespeare
Lichtenberg   Rathenau   Dostojewski   Ganghofer
Trackl   Stevenson   Doyle   Gjellerup
Mommsen   Tolstoi   Hambruch
Thoma   Lenz   Droste-Hülshoff
Dach   Verne   von Arnim   Hägele   Hanrieder
Reuter   Hauff   Humboldt
Karrillon   Garschin   Rousseau   Hagen   Hauptmann   Gautier
Damaschke   Defoe   Hebbel   Baudelaire
Descartes
Hegel   Kussmaul   Herder
Wolfram von Eschenbach   Schopenhauer
Darwin   Dickens   Rilke   George
Bronner   Melville   Grimm Jerome
Campe   Horváth   Aristoteles   Bebel   Proust
Bismarck   Vigny   Barlach   Voltaire   Federer   Herodot
Gengenbach   Heine
Storm   Casanova   Tersteegen   Grillparzer   Georgy
Chamberlain   Lessing   Langbein   Gilm
Brentano   Gryphius
Strachwitz   Claudius   Schiller   Lafontaine
Kralik   Iffland   Sokrates
Katharina II. von Rußland   Bellamy   Schilling
Gerstäcker   Raabe   Gibbon   Tschechow
Löns   Hesse   Hoffmann   Gogol   Wilde   Vulpius
Luther   Heym   Hofmannsthal   Gleim
Klee   Hölty   Morgenstern
Roth   Heyse   Klopstock   Goedicke
Luxemburg   Puschkin   Homer   Kleist
La Roche   Horaz   Mörike   Musil
Machiavelli
Navarra   Aurel   Musset   Kierkegaard   Kraft   Kraus
Lamprecht   Kind
Nestroy   Marie de France   Kirchhoff   Hugo   Moltke
Laotse   Ipsen   Liebknecht
Nietzsche   Nansen
Marx   Lassalle   Gorki   Ringelnatz
von Ossietzky   Klett   Leibniz
May   vom Stein   Lawrence   Irving
Petalozzi   Knigge
Platon   Pückler
Sachs   Poe   Michelangelo   Kock   Kafka
Liebermann   Korolenko
de Sade   Praetorius   Mistral   Zetkin

Die Tage des Waldlebens

Otto Roquette

Impressum

Autor: Otto Roquette
Umschlagkonzept: toepferschumann, Berlin

Verlag: tredition GmbH, Hamburg
ISBN: 978-3-8424-1109-8
Printed in Germany

Ziel der TREDITION CLASSICS ist es, tausende deutsch- und
fremdsprachige Klassiker wieder in Buchform verfügbar zu
machen. Die Werke wurden eingescannt und digitalisiert. Dadurch
können etwaige Fehler nicht komplett ausgeschlossen werden.
Unsere Kooperationspartner und wir von tredition versuchen, die
Werke bestmöglich zu bearbeiten. Sollten Sie trotzdem einen Fehler
finden, bitten wir diesen zu entschuldigen. Die Rechtschreibung der
Originalausgabe wurde unverändert übernommen. Daher können
sich hinsichtlich der Schreibweise Widersprüche zu der heutigen
Rechtschreibung ergeben.

Was mochte der kleine Geißbub denken, der unter der Buche am Waldesrande ausgestreckt lag? Oder war das, was unter seiner Stirn vorging und in seinen unruhig umherblickenden Augen funkelte, wirklich ein Denken zu nennen? Bald sah er hinauf in den Wipfel des Baumes, wo ein Vogel seine Neugier erregte; bald verfolgte er die auf dem Grase tanzenden Sonnenlichter, die durch Gezweig und Laub hie und da den Weg gefunden hatten. Dann wendete er sich wieder nach seiner Ziege mit ihren beiden Zicklein um und schien befriedigt, daß die Alte in der Fülle der sie umgebenden Nahrung gelassen ausruhte, und dann wieder spähte er nach der Waldseite, woher ein breiter Fußweg in Windungen über die sonnige Halde und in die Tiefe hinablief. Endlich zog er ein Taschenmesser hervor, und die Art, wie er es auf- und zuklappte und es liebevoll betrachtete, zeigte, daß es ihm noch ein neues und beglückendes Besitztum war.

Da wurde vom Walde her ein heller Jodelruf vernehmlich. Es war aber nicht der ungefüge Naturton, sondern das mehr musikalische Aufjubeln einer schönen Menschenstimme. Der Knabe schnellte vom Boden auf und eilte nach der Richtung, woher er den Gesang vernommen. Gleich darauf trat aus dem Walde ein junges Mädchen, schlank und von edlem Wuchse, in städtisch sorgfältiger Kleidung. Ein breitkrempiger Strohhut beschützte ihr anmutiges Gesicht vor der Sonne, die übrige Tracht war schwarz, obwohl von leichten Sommerstoffen, und deutete auf Trauer. Ein großer Hund sprang ihr voraus, und hieß den kleinen Hirten durch sein Bellen willkommen. »Guten Morgen, Girgl!« rief sie. »Brav, daß du dich eingefunden hast!«

»Und ich war gestern auch da, aber du bist nicht gekommen!« entgegnete der Knabe,

»Sieh doch! das klingt ja wie ein Vorwurf, daß ich deine werte kleine Person vernachlässige!« entgegnete die junge Dame lächelnd. »Sei nur nicht eifersüchtig, Girgl! Ich fand eben anderswo auch etwas zu zeichnen.« Sie wußte wohl, daß der Knabe von solchen Reden nichts verstand, und pflegte in seiner Gegenwart mehr mit sich selbst zu sprechen und ihre gute Laune walten zu lassen. Lebhafter aber mußte sie sich jetzt an ihren vierfüßigen Begleiter wenden; »Nero! Nero!« rief sie. »Willst du wohl die Geiß mit ihren Jungen zufrieden lassen? Hierher! Schämst du dich nicht, alter Gesell, hinter den jungen Zicklein herzujagen? Über solche Kindereien solltest du doch hinaus sein! Hier bleibst du, bei mir!« Nero gehorchte dem Ruf, sah sie verlegen an, wedelte stark und schnupperte darauf im Grase nach der Seite, als sei es ihm wirklich um so etwas nicht sehr zu tun, – »Girgl, das hab' ich dir mitgebracht!« fuhr sie fort, indem sie dem Knaben ein Weißbrot reichte. Dieser betrachtete die Gabe in lächelndem Schweigen und schien zu überlegen, ob er gleich einbeißen, oder sich ihrer etwas länger freuen solle? Vorläufig steckte er sie in die Tasche.

»Wo nehmen wir heute für unsere Kunstbestrebungen Platz?« redete die junge Dame im Selbstgespräch weiter. »Unter der Buche? Nein, da kommen mir die neugierigen Sonnenstrahlen zu häufig auf das Blatt und stören mich mit ihren Neckereien. Aber dort an der Felswand wär' es schön! Sie wirft einen breiten Schatten über den Rasen, und der Boden ist hügelig. Da wird es sich gut sitzen.« Sie nahm ihren Weg dahin, wählte einen bequemen Platz, und nachdem sie sich niedergelassen, warf sie ihr Zeichenbuch und ein Buch zum Lesen in das Gras und legte ihren Strohhut ab. Und dann, das lose Haar von der Stirn zurückstreichend, blickte sie mit einem behaglichen Ah! heiter in die Landschaft. Es war ein grünes Waldbild, abgeschlossen, nur von wenigen Spuren menschlichen Verkehrs durchzogen. Abwärts senkte sich die Halde, von einigen Felsblöcken und Gesträuch durchsetzt, gegen den in der Tiefe rauschenden Bach, neben welchem ein nur für Holz und Waldzwecke berechneter Weg hinlief. Gegenüber stiegen mächtigere Felsen auf, überragt vom Waldgebirge, während rechts und links die Talkrümmungen in bläulichen Duft ausliefen. Darüber wölbte sich der blaueste Himmel, von dem die Sonne des Junitages über die ganze Pracht des fröhlichen Sommerlebens leuchtete. Die Halde war übersät von Blumen, Schmetterlingen, Käfern, Bienen, ein geflügeltes kleines Heer schwirrte, summte, wiegte sich über Dolden, Kelchen und Blütensternen. Das Mädchen saß einige Minuten schweigend da, die Hände auf den Knien gefaltet, und ihr Lächeln, der Ausdruck ihrer Augen schien zu verkünden, daß sie Druck und Härten des Lebens, die ihr ernstes Gewand andeutete, überwunden habe und in solcher Stunde dem Jugendgefühl und der Freude am Dasein wieder Eingang in das Gemüt verstalte. Der Knabe, der sich nicht weit von ihr in Neros Gesellschaft niedergekauert hatte, betrachtete sie aufmerksam in der Erwartung, daß sie reden werde. Endlich wendete sie ihm fröhlich ihr Gesicht zu und fragte: »War der Gabriel schon da?« – Der Knabe schien zu erschrecken. »Nein!« sagte er. »Nun so wird er kommen! Er hat es mir versprochen. Ich will sein Gesicht abzeichnen. Da er aber noch nicht da ist, sollst du dran, Jung Girgl! Ich will deinen Kopf haben! Ängstige dich nur nicht, er bleibt sitzen, wo er ist!« Girgl lächelte verlegen. Er hatte wohl schon gesehen, wie sie Felsen und Bäume abzeichnete, aber wie sie sogar einen Kopf auf das Papier zaubern wollte, das konnte er sich nicht denken. »Komm und schau her!« rief sie, indem sie die Blätter umschlug und eine Reihe von Gesichtsbildern, besonders Kinderköpfen, vorzeigte. »Siehst du, wie ich die kleine Liese, den Peter und seine Schwester, den Kuhjungen und andere gezeichnet habe, so will ich's auch mit dir machen. Des Knaben Augen wurden groß vor Erstaunen, und gehorsam nahm er den Platz und die Stellung ein, welche sie ihm anwies. So begann sie zu zeichnen. Girgl aber dachte während dieses schweigsamen Verkehrs an das Weißbrot in seiner Tasche, und hielt es für zeitgemäß, dasselbe in Angriff zu nehmen. Sofort steckte er ein Stück davon in den Mund. Da nun aber nichts auf der Welt ein umständlicheres Kauen verlangt, als eine trockene Semmel, so begann ein Malmen seiner Kinnlade, und zugleich eine Bewegung in seinen Gesichtszügen, daß die Zeichnerin laut lachend rufen mußte: »Nein, Girgl, ein kauendes Modell kann ich nicht brauchen! Essen darfst du erst, wenn ich fertig bin. Sitzest du aber jetzt recht ruhig, so bringe ich dir morgen zur Belohnung zwei Brötchen mit!« Girgl war etwas verblüfft durch die sonderbaren Ansprüche, welche die Kunst an ihn erhob, aber die in Aussicht gestellte Verdoppelung des Honorars machte ihn doch gefügig. Nero lag im Grase neben ihm, schnappte ärgerlich nach Fliegen und spitzte ab und zu die Ohren, wenn ihm irgend ein Geräusch wider Ordnung und Gewohnheit schien.

Nach einer Pause begann Girgl: »Er war gestern auch wieder hier!«

»Wer? der Gabriel?«

»Nein, der mit den Handschuhen.«

»So! Der!« rief das Mädchen lachend und dachte: An dem ganzen jungen Herrn ist dem Naturkinde nichts weiter aufgefallen, als daß er am Sommertage Handschuh' trug, während mir auffiel, daß er bei seiner Jugend im Gesicht wie Mondschein aussah und, obgleich erwachsen genug, sich wie ein Knabe gab! – Dann, nach längerem Schweigen, begann sie:»Girgl, du bist erlöst! Es mag fertig sein. Willst du dich im Spiegel sehen? Komm!«

In diesem Augenblick aber sprang Nero auf und fuhr bellend und in Sätzen auf eine aus dem Walde tretende Gestalt los, die er doch bald als alten Bekannten umwedelte. »Da ist Gabriel!« rief die Dame, während Girgl, von Schrecken ergriffen, davonzulaufen Miene machte. Die Erscheinung mochte für einen, der sich im Walde durch etwas ertappt fühlte, noch von stärkerem Eindruck sein, als ihre einem Meister Rübezahl gleichende Gestalt an und für sich schon war. Die stark verschossene und verbrauchte Uniform eines Forstunterbeamten hing um die Schultern des Waldhüters Gabriel Neuntöter. Das starke, etwas gekrümmte Genick trug einen Kopf mit scharfen Gesichtszügen, tiefliegenden grauen Augen, einer Adlernase, unter der ein gewaltiger grauer Schnurrbart den Mund bedeckte, während von Backen und Kinn eine ins Weiße spielende Bartmasse bis tief auf die Brust herabfiel,

»Guten Morgen, Gabriel!« rief das Mädchen, »Gut, daß Sie doch noch kommen!«

Der Alte grüßte sie nur flüchtig, streckte jedoch die geballte Faust dem Knaben entgegen, indem er rief:»Wart, du Sackermentsbub'! Dir komm' ich über den Kopf! Was hast du deine Geiß hier hinaufzuführen? Strafe sollst du kriegen, wart du! Hinunter mit dir!«

»Warum denn?« rief das Mädchen erschreckt. »Ist es denn nicht erlaubt –?«

»Auf den Dorfanger gehört er mit seiner Geiß!« schalt der Waldhüter fort, »Oder die alte Trud, das verhexte Weib, mag ihr Vieh in ihrem Stalle füttern. Hier ist herrschaftlicher Wald! Sollen mir die Racker hier herumklettern, die jungen Stämme abschälen und das Laub abfressen? Alles fressen sie, was grün ist! Verboten ist's, hier herauszutreiben, der Bub' weiß es! Tut er es doch, so kriegt er seinen Buckel voll, und die Trud muß Strafe zahlen!« Damit schwang

Gabriel seinen Knotenstock sehr bedenklich, so daß dem jungen Frevler vor Angst die Tränen ausbrachen.

»Lieber, guter Gabriel!« rief das Mädchen, den Alten mit beiden Armen abwehrend: »der Knabe ist nicht schuldig! Wenn jemand in Strafe fallen soll, so muß ich es sein, ich allein! Ich fand den Kleinen vor einigen Tagen unten, in der Nähe des Dorfes, und lockte ihn zum Plaudern hier herauf. Tun Sie doch nicht so böse! Sie sind ja sonst ein so gutmütiger Mann!«

Der Alte wollte eigentlich forthadern, aber ein Seitenblick auf die junge Dame schien ihn zu besänftigen, und trotz seines Bartes machte sich doch ein Lächeln in seinen Zügen bemerkbar. »Na! Um des gnädigen Fräuleins willen mag es für diesmal geschenkt sein! Aber die Geiß läßt er mir künftig unten, sonst –!«

»Ach, Gabriel!« nahm das Mädchen etwas befangen das Wort auf: »Wenn das herrschaftlicher Grund ist, und jedem der Zutritt verboten, dann darf auch ich mich hier wohl nicht aufhalten?«

»So ängstlich ist's ja nicht! Abmalen dürfen Sie hier alles, aber abfressen – dagegen bin ich da! Das darf ich nicht durchgehen lassen!«

»Ich will meinen Appetit in Schranken halten!« rief sie mit fröhlichem Lachen. »Nun aber seien Sie ein guter Mann und lassen Sie sich abzeichnen! Ihre beiden Enkelchen hab' ich schon in meinem Buche, heut' mache ich das Abbild des Großvaters. Sitzen Sie ein halb Stündchen! Sie haben es versprochen!«

»Wenn ich nur wüßte, was Sie an meiner alten Fratz haben!«

»Ein wackres Gesicht, das ich künftig gerne ansehen werde, wenn ich nicht mehr hier bin!«

»Na, dann meinetwegen! Darf ich meine Pfeif dabei rauchen?«

»Versteht sich! Ich will sie sogar mit zeichnen.«

Der Waldhüter setzte seine kurze Pfeife instand und ließ sich nach der Anordnung der jungen Dame nieder. Sie zeichnete, und wieder wurde es still. Nero lag jetzt vertraulich neben Gabriel, während Girgl sich auf einen entfernten Platz zurückgezogen und durch ein Gebüsch vor der Aufmerksamkeit des gefürchteten Alten gedeckt hatte. Hier zog er sein Weißbrot hervor, welches er nach der überstandenen Angst um so behaglicher verspeiste. Die junge

Künstlerin schien sich bei ihrer durch keinen Menschenlaut unterbrochenen Arbeit glücklich zu fühlen, das sagte das Lächeln ihres Mundes, der Glanz ihrer Augen, die Emsigkeit, mit der sie den Griffel auf dem Blatte bewegte. Sie atmete wohl einmal auf, wenn der Wind den Blütenduft von der Halde zu ihr trieb, oder wehrte sich gegen eine Hummel, die sich mit dumpfen Tönen in ihrer Nähe verriet, aber eifrig kehrte sie wieder zur Tätigkeit zurück, und ihre Züge verkündeten Freude am Gelingen.

Und wieder war es Nero, welcher etwas Fremdes zuerst witterte, das sich hinter den Felsen verkündete. Geräuschvoll sprang er auf, dem Kommenden entgegen, aber auch diesmal zeigte er sich schnell besänftigt. »Der mit den Handschuhen wird es sein!« dachte die Zeichnerin, ohne sich umzuwenden. Um die Felsenecke aber trat ein schlanker junger Mann auf den Plan, bei dessen Anblick Gabriel sofort seine Stellung veränderte, und sich ehrerbietig erheben wollte. Der neue Ankömmling aber machte rasch eine abwehrende Bewegung, und legte den Finger auf den Mund, zum Zeichen, daß der Alte schweigen oder ihn nicht kennen solle. Er grüßte die Dame artig und bescheiden, und bat um Verzeihung, daß er ihr Atelier ohne ihre besondere Erlaubnis zum zweitenmal betrete. – »Vielleicht haben Sie mehr Recht, es zu betreten, als ich, es hier aufzuschlagen!« entgegnete sie lächelnd, ohne sich im Zeichnen stören zu lassen. »Inzwischen hat mich Gabriel Neuntöter doch beruhigt und mir erklärt, wie weit ich in der Benutzung des Platzes gehen dürfe.«

»Eine Schranke hätte er Ihnen auferlegt? Und welche?«

»Daß ich kein Frühstück hier halten dürfe wie Girgls Ziegen. Der arme Knabe wäre beinah in Strafe gefallen. Ich hoffe, ich habe ihn vollständig losgebeten, denn die Straffällige bin ich.«

»Ich müßte die Strafe dann mit Ihnen teilen,« entgegnete der junge Mann; »denn ich selbst habe gestern hier mit ihm geplaudert, ohne zu wissen, daß seine Herde an Ort und Stelle nicht gehen dürfe.«

»Sie wußten das auch nicht?« fragte die Dame, indem sie ihn ein wenig überrascht ansah.

»Ich bin mit solchen Dingen wenig bekannt und frage nicht viel danach!« entgegnete er, indem er sich auf den Rasen niederließ,

»Trotz meiner fünf Tanten, die ich jeden Morgen begrüße, und von denen ich mich eben verabschiedet habe.«

»Fünf Tanten? Das ist Gottes Segen! Unter solcher Obhut mußte die Erziehung eines jungen Mannes eine ausgezeichnete werden.«

»Finden Sie? Es sind gute stille Wesen. Ich kann unter ihren Augen treiben, was ich will. Ich kann ihnen Gesichter schneiden und unter die Nase lachen, Ihre Gnaden werden den dummen Ausdruck ihrer Mienen, die Selbstgefälligkeit ihrer Positur niemals verändern.«

»Oh! Schämen sollten Sie sich, von den guten Damen so lieblos zu reden?« rief die Zeichnerin.

»Die guten Tanten sind auch dann nachsichtiger als Sie, mein gnädiges Fräulein! Eigentlich ist es ganz gegen unsere Verabredung, daß ich Ihnen von meinen Verhältnissen erzähle. Sie wollten, daß wir einander möglichst unbekannt blieben. Aber wenigstens Ihren Namen wüßte ich gern! Und was gilt's, der alte Neuntöter da weiß ihn bereits? Ich war so frei, mich Ihnen vorzustellen –«

»Nun ja, Sie haben mir Ihren Vornamen, Chlodwig, genannt, den Familiennamen aber so leise und undeutlich ausgesprochen, daß er mir gar nicht zu Gehör gekommen ist. Ich wünsche es auch nicht anders. Aber da nun doch einmal zwei der anwesenden Herren (sie wies auf Gabriel und Girgl) meinen Namen wissen, so soll er auch Ihnen nicht mehr vorenthalten sein. Girgl, wie heiße ich?«

»Friedel!« entgegnete der Knabe mit Sicherheit.

»Was? Du unterstehst dich, schon ein Kosewort aus meinem Namen zu machen?« rief sie belustigt. Gabriel, eine neue Sünde des unbotmäßigen Geißbuben witternd, legte die geballte Faust auf das Knie, während der Knabe verlegen von einem zum andern blickte. »Ich heiße Elfriede!«

Es entstand eine kleine Pause. Dann begann Chlodwig: »Der Platz ist wirklich sehr hübsch, und Sie verstanden zu wählen, Fräulein Elfriede! Man sollte hier am Felsen eine kleine Anlage machen mit Ruhebänken.«

»O nein!« rief sie abwehrend. »Wenn dergleichen in Ihrer Macht stände – tun Sie es ja nicht! Sie werden der Natur ein Stück ihres eigenen Lebens, ihrer Freiheit nicht entreißen wollen! Ein künstlich hergezwungener Plan würde einen Aussichtspunkt aus dieser Stelle machen, etwas Prosaisches an die Stelle der Naturpoesie bringen, Glauben Sie mir, ich ginge nicht mehr hierher, wenn ich eines Tages eine Anlage entdeckte.«

»Ich bedaure sehr, Ihr Mißfallen erregt zu haben!« entgegnete der junge Mann, sichtlich bestürzt. »Glücklicherweise habe ich nicht die Macht, auch nur das geringste in dieser Gegend zu verändern. Ihre Naturpoesie wird nicht gestört werden. Ich empfinde sie ebenso wie Sie – obwohl Ihr Lächeln sagt, daß Sie es nicht glauben. Möchten Sie immer auf dem Lande leben?«

»Eigentlich, nein! Ich brauche das Weltleben, ich brauche die Kunst, und die letztere finde ich nur in einer größeren Stadt.«

»Ganz mein Fall, und dennoch,« fügte er seufzend hinzu, »werde ich mich, wie ich vermute, auf dem Lande, und zwar unter höchst prosaischen Verhältnissen, festhalten lassen.«

»So? Warum?« warf Elfriede leicht hin, ohne vom Blatte aufzublicken.

»Das darf ich Ihnen ja nun wieder nicht mitteilen. Die Verabredung verbietet es.«

»Richtig!« bestätigte Elfriede lachend. »Gabriel Neuntöter, jetzt sind auch Sie erlöst!«

»Merkwürdig! Meisterhaft!« sagte Chlodwig, über die Zeichnung blickend. »Neugierig bin ich, wer nun dran kommt!«

»Die Geiß!« rief Girgl mit hell aufleuchtenden Augen, und sprang auf, um das neue Modell herbeizuholen. Aber Elfriede hielt ihn zurück. »Die Geiß ist eine sehr unruhige Person, soviel konnte ich an ihr bereits beobachten!« sagte sie. »Überdies habe ich mein Porträtzeichnen nur in der Gesellschaft gelernt. Physiognomien gibt es da, gegen die das Gesicht der Geiß noch eine Schönheit zu nennen wäre, aber dennoch – ich müßte erst zu Rosa Bonheur oder in sonst eine gute Schule des Tierstudiums gehen. Auch mag es für heute an zwei Sitzungen genug sein! Dort aber kommt bereits das Modell, welches ich mir für morgen ausersehen habe, Nero! Nero! Abscheuliches Tier! Willst du wohl!«

Diesmal aber war Nero nicht zu bändigen, sondern schoß mit wütendem Bellen gegen ein altes Weib los, welches aus dem Gebüsch getreten war. Elfriede rief, drohte, Chlodwig schlug nach ihm, Gabriel aber sah mit hämischem Lächeln zu, und es war Feindseligkeit gegen die Alte in seinen Augen zu lesen. Nur mit Mühe wurde der Hund beschwichtigt, der immer noch mit Knurren seinen Widerwillen kund gab. Die Frau schien es nicht besser gewohnt, stand ruhig auf ihren Stock gestützt, und nickte dem Mädchen lächelnd zu. Sie war von bemerkenswerter Häßlichkeit und sehr ärmlich gekleidet. Auf dem Rücken hatte sie einen Tragekorb, gefüllt mit Kamillen, während sie im Arm und in der Hand eine Menge Pflanzenbündel trug, die einen starken Duft verbreiteten. »Wollen Sie sich morgen von mir abzeichnen lassen, Trude?« fragte Elfriede mit sehr laut erhobener Stimme, denn sie kannte die Alte als schwerhörig. Für Trude lag in der Frage nichts Auffälliges mehr. Sie hatte die junge Dame nun schon seit Wochen überall zeichnen sehen; im Dorfe auf irgend einem Steine sitzend, umgeben von einer Schar Kinder, im Walde, in der Nähe des Städtchens. Sie nickte daher bereitwillig, vielleicht um so bereitwilliger, da sie schon vernommen, daß die Dame älteren und ärmeren Modellen Geldgeschenke zu machen pflegte. »Soll ich hinunter kommen nach Ihrem Hause, oder kann es hier geschehen?« fragte Elfriede weiter.

»Ich will schon hier sein!« entgegnete die Alte »Gehe früh aus nach Kräutern. Wenn ich's im Dorfe acht Uhr schlagen höre –«

»Gut, dann wenden Sie sich hierher! Sie werden mich schon finden.«

»Die nichtsnutzige Hex' auch noch konterfeien!« murmelte Gabriel, und band darauf, laut und ärgerlich scheltend, wegen ihrer Ziege mit ihr an. Die Alte gab ihm kurz ein paar Worte zurück, welche ihn wütend machten und böse Scheltreden auf seine Lippen riefen. Trude lachte ihm höhnisch ins Gesicht und sagte etwas nur ihm allein Verständliches, welches ihn dermaßen in Grimm versetzte, daß er seinen Knotenstock gegen sie schwang. Es herrschte augenscheinlich eine alte, erbitterte Feindschaft zwischen beiden. Elfriede fiel dem Waldhüter in den Arm und bat ihn, sich zu beruhigen. »In acht nehmen soll sich das Gesindel vor mir!« schrie er.

»In acht nehmen! Ich krieg's doch mal zu fassen! Hinunter mit der Geiß sag' ich, oder –!«

Girgl hatte die Geiß schon längst am Stricke, und sprang in Ängsten mit ihr den Weg abwärts, gefolgt von den Zicklein, während die Trude sich gelassener verabschiedete, indem sie Elfrieden zunickte und ihr Versprechen auf morgen wiederholte. Gabriel sprach endlich noch den Vorwurf aus, das Fräulein verwöhne das Lumpenvolk, stellte aber auf einen Wink des jungen Mannes sein Murren ein, grüßte militärisch und schritt nach der anderen Seite davon.

Als Chlodwig, der während dieses Auftrittes sein Lachen schwer beherrscht hatte, sich mit Elfrieden allein sah, begann er: »Daß doch das schönste Waldidyll eine so realistische Kehrseite hat!«

»Ich kenne sie längst!« entgegnete Elfriede, ihren Strohhut aufnehmend, während Chlodwig ihre Bücher vom Boden hob. »Die Alte kann von Glück sagen, daß es keine Hexenprozesse mehr gibt!« fuhr er fort. »Gabriel Neuntöter hat nicht unrecht mit seiner schmeichelhaften Bezeichnung.«

»Und doch kenne ich sie von schätzenswerter Seite. Sie ist arm, obgleich sie ein eigenes Häuschen, wenn man sonst die verfallene kleine Hütte so nennen will, mit einem Stückchen Garten und Hof besitzt. Im Sommer sammelt sie, was der Wald dem Armen bietet, besonders Kräuter für die Apotheken. Trotz ihrer Armut hat sie sich noch des Knaben angenommen und ihn bei sich aufgezogen. Niemand weiß, wo Girgl hergekommen ist, man fand das unmündige Kind an der Straße. Sie bat es sich aus, und man ließ es ihr, da sonst keinen danach gelüstete. Soviel habe ich bereits über sie erfahren. Was auch durch ihr eigenes Leben einst gegangen sein mag, Gabriel tut unrecht, die wehrlose alte Frau und den Knaben mit seinem besonderen Übelwollen zu verfolgen. Doch nun – es ist dreiviertel auf zwölf, ich muß aufbrechen!«

»Aber wie wissen Sie die Stunde so genau, ohne nach der Uhr zu sehen?« fragte Chlodwig, indem er seine Uhr zog. »In der Tat – ungefähr stimmt es!«

»An dem Schatten, den der Baum wirft, erkenne ich es. Wenn er sich auch von jenen Steinen dort zurückgezogen hat, ist es zwölf. Noch habe ich gerade für den Heimweg Zeit. Sie wissen, daß ich allein gehe, daß Sie mir nicht nachspüren dürfen!« Elfriede grüßte und wollte sich entfernen.

»Aber morgen, gnädiges Fräulein – darf ich morgen Ihre Werkstatt wieder aufsuchen?« Er fragte es in so kindlich bittendem Tone, daß sie ihn fast befremdet ansah. »Hindern kann ich es ja doch nicht!« entgegnete sie; »also wenn Ihre fünf Tanten nichts dagegen haben, so richten Sie Ihren Morgenspaziergang nur immer nach diesem Orte. Sie wissen, daß Sie den Pudel Nero und die alte Trude in meiner Gesellschaft finden werden.«

Der junge Mann sah ihr eine Weile kopfschüttelnd nach und blieb in Gedanken stehen. Gern hätte er mehr von ihr erfahren, gern gewußt, ob sie in dem benachbarten Städtchen, welches eigentlich nur ein Flecken zu nennen war, wohne? Aber wie käme dahin eine solche Weltbildung, Feinheit der Formen und des gesellschaftlichen Tons? Seinem Versprechen getreu, ihr nicht nachzuspüren, wendete er sich, und schritt an der Seite des Felsens den Weg hin, auf dem er gekommen war.

Rechtzeitig saß die Trude am andern Morgen auf ihrem Platze, bereits umgeben von gesammelten Pflanzen verschiedener Art, welche sie auseinander las und die zusammengehörigen in Bündel knüpfte. Bald erschien auch Elfriede, frisch und heiter, aber leider war der Widerspruch Neros gegen die Kräutersammlerin ein Leidwesen für das junge Mädchen. Selbst nachdem sie ihn mühevoll neben sich gebannt hatte, hielt er die Augen starr auf die Alte gespannt, um bei jeder Bewegung, die ihm verdächtig vorkam, in ein Knurren, Schnaufen und Gebell zu fallen. Elfriede änderte nicht viel an der Stellung der Alten und ließ sie bei ihrer Beschäftigung während des Zeichnens. Eine Unterhaltung wurde nicht geführt, und so verging die Zeit in Morgenstille und Tätigkeit. Zweimal schon hatte Elfriede die Alte gezeichnet, als Gesichtsbild und in ganzer Figur, wie sie unter ihren Kräutern dasaß, und machte eben die letzten Striche daran, als sie die Stimme Girgls in der Nähe vernahm. Ach, wenn er nur nicht wieder die Ziegen mitbringt! dachte sie und blickte auf. Sie sah den Knaben in Gesellschaft eines Mannes herankommen. Aber es war nicht Chlodwig. Der Fremde erschien älter, breiter, kräftiger. Sie stutzte, denn sie glaubte einen alten Bekannten zu entdecken. Er förderte seine Schritte, grüßte schon von weitem und rief: »Ist sie es denn wirklich? Fräulein Elfriede!«

Sie sprang auf, ließ ihr Zeichengerät fallen und eilte ihm entgegen mit dem Freudenruf: »Dornberg! Lieber alter Freund!« Sie reichte ihm zum Willkommen die Hand, auf die er einen Kuß drückte und sie vertraulich schüttelte.

»So hat mich die Hoffnung nicht getäuscht, Sie selbst hier zu finden!« sagte er freudig. »Chlodwig erzählte mir erst heut' früh von der Bekanntschaft mit einer liebenswürdigen Dame, namens Elfriede, welche hier ihre Naturstudien mache, und bedauerte gar sehr, eine Aufforderung seines Oheims zum Ausreiten nicht ablehnen zu können. Der Name Elfriede ist mir so wert, daß ich nicht widerstehen konnte, mich hierherführen zu lassen, um selbst zu sehen. Welch ein günstiger Stern führt uns zusammen!«

»Wahrlich, lieber Herr Dornberg,« sagte sie, »es ist mir wie ein Erlebnis, ein ernstes und bedeutungsvolles Erlebnis, Ihnen gerade jetzt wieder zu begegnen!«

Er schien den Ernst noch vermeiden zu wollen, und indem er ihr Zeichenbuch aufhob und die Blätter umschlug, begann er: »Sie zeichnen so fleißig! Ach, wie hübsch! wie charaktervoll!«

»Es sind die Vorbereitungen zu meiner künftigen Selbständigkeit. Ich muß jetzt sehr tätig sein! Wissen Sie denn auch, was alles mit uns vorgegangen?«

Er sah sie voll Teilnahme an. »Ja, mein teures Fräulein! Wenigstens soviel die Öffentlichkeit davon verriet. Sie waren Braut – Sie haben von harten Erlebnissen zu sagen. Ich sehe Sie noch in ernsten Gewändern. Wenn Sie die Erinnerung an die Verlorenen nicht zu mächtig ergreift, möchte ich Sie bitten, mir von Ihrem Geschick einiges mitzuteilen!« »Muß ich doch täglich daran denken!« entgegnete sie. »Warum sollte ich mit einem Freunde nicht auch darüber reden? Über Jahr und Tag ist seit jenen schmerzlichen Ereignissen vergangen. Fürchten Sie jetzt keine leidenschaftliche Überschwenglichkeit mehr!« Sie sah sich nach der Trude um. Die aber hatte den Platz schon verlassen und wurde nur noch unten auf dem Wege mit ihrem Knaben sichtbar. Elfriede schritt mit Dornberg langsam dem Walde zu. »Sie wissen, wie wir lebten!« fuhr sie fort. »Im Strome der

Welt, groß und glänzend. Und als mein Vater gar Minister geworden war, diese letzten drei Jahre seines Lebens, verlangte seine Stellung großen Aufwand. Ich, sein einziges, verwöhntes Kind, ließ mir den berauschenden Wirrwarr der Gesellschaft gern und arglos gefallen. Ein wackrer Mann warb um meine Hand. Er war von hervorragender Familie, in bedeutender Stellung, nicht mehr jung, Witwer – auch die Kinder hatte er früh verloren; aber er war immer noch eine glänzende Erscheinung, liebenswürdig, und jedermann schätzte ihn. Mein Vater begünstigte ihn sehr, ohne doch Einfluß auf meinen Willen zu üben. Ich wurde seine Braut. Ich bin überzeugt, daß ich glücklich mit ihm geworden wäre! Die Hochzeit war festgesetzt. Vierzehn Tage vorher – o Gott, es war fürchterlich! Ein unglückseliger Sturz mit dem Pferde machte seinem Leben ein Ende!« Elfriede bedeckte ihr Gesicht mit beiden Händen und blieb innerlich ergriffen stehen. Dornberg schwieg, er wollte nichts Triviales sagen.

Das junge Mädchen trocknete die Augen und fuhr fort: »Mein armer Vater war außer sich, wie gelähmt vor Schreck. Er konnte den Pflichten seiner Stellung kaum noch genügen. Dann wurde er krank. Für mich galt es jetzt mich zu überwinden, alle Kraft für ihn zusammenzunehmen. Er war nicht zu retten. Zwei Monate darauf wurde auch er begraben!« Nur durch einen tiefen Seufzer konnte Dornberg seine innerste Teilnahme bekunden. »So viel ungefähr ist mir bekannt geworden,« sagte er nach einer Pause.

»Dem großen Schmerz, der heiligen inneren Trauer« – so fuhr sie gefaßter fort, »folgte die kleine Trübsal. Sie hatte nur geringe Gewalt über mich, wenn auch die erste Bekanntschaft mit einer so völligen Umkehr aller gegebenen Verhältnisse das flatterhafte Weltkind einen Augenblick erstarren machte. Mein Vater hinterließ nichts, während die Forderungen an ihn von allen Seiten noch groß waren.«

»Er hinterließ Ihnen nichts, gnädiges Fräulein?« rief Dornberg erstaunt.

»Nichts, lieber Freund! Wenigstens nichts von dem, was man so Vermögen nennt. Mir sind nachher die Augen erst aufgegangen, und ich machte die Erfahrung, daß solche Überraschungen in der Welt sehr häufig sind. Die Welt selbst weiß meistenteils lange vorher, was die betroffenen Hinterbliebenen wie ein Unerhörtes überwältigt. So mag es auch bei uns gewesen sein. Mein Vater war von schlichter bürgerlicher Familie, hatte sich sogar aus dürftigen Verhältnissen heraufgearbeitet. Der Adel wurde ihm verliehen, als er durch sein Verdienst zu hervorragender Stellung gelangt war. Diese Stellung verlangte dann mehr Aufwand, als eigentlich bestritten werden konnte. Viel wurde auch verschleudert und ging durch andere verloren. Die Mutter starb so früh! Der Haushalt mußte durch Fremde geführt werden, ich durfte mich nicht darum bekümmern, war auch zu jung dazu, überdies gar nicht dafür erzogen. Die Treulosigkeit der Untergebenen zeigte sich erst nach dem Tode des Vaters. Und nun sollte ich, im Angesicht eines vollständigen Ruins selbständig handeln! Lassen Sie mich von diesen verworrenen Tagen nicht reden! Es wurde alles Vorhandene zu Geld gemacht, um die ausstehenden Forderungen zu decken. Zu meiner Verwunderung blieben noch ein paar hundert Taler für mich übrig. Aber viel hat mir mein teurer Vater doch hinterlassen, einen Schatz, den ich ihm endlos danke, meine Erziehung! Daran wurde nichts gespart, nichts vernachlässigt. Sie wissen, daß ich singe, die Schule der besten Meister durchgemacht habe, daß ich Klavier spiele, daß die modernen Sprachen mir keine Schwierigkeit machen. Das Porträtzeichnen ist mehr Naturgabe, ich traf jedes Gesicht zu meiner und andrer Überraschung, noch eh' ich eigentlich Zeichnen gelernt hatte. Aber gerade diese Fertigkeit betonten Einsichtige ganz besonders, als ich den Entschluß aussprach, mir meinen Lebensunterhalt zu verdienen. Ein befreundeter Künstler nahm mich gleich in die Lehre. Und nun muß ich eilen, daß ich etwas leiste, ehe meine Barschaft aufgebraucht ist – denn das steht in ziemlich naher Aussicht!«

»Armes Kind!« sagte Dornberg leise und mehr für sich selbst.

»O, bedauern Sie mich darum nicht, lieber Freund!« rief sie mit wieder heiterem Gesicht und hellen Augen, »Das ist ja mein Trost, meine Freude, mein Glück! Seit jenem Entschlusse, zu arbeiten, wie andere zu streben, mich ernstlich fortzubilden, habe ich schon ein Mittel auch gegen den großen Schmerz, der durch mein Leben gegangen und doch noch so neu und lebendig in mir ist. Wenn ich arbeite und die Freude des Gelingens fühle, durchströmt es mich von Glücksgefühl, und ich fühle eine Wonne der Befriedigung, wie ich sie in leichten Tagen des Flattersinns, der Verwöhnung, niemals empfunden habe!«

»Elfriede, Sie sind eine glückliche Natur! Aller Segen mit Ihrem Streben! Nun aber sagen Sie mir doch, was führt Sie in diese entlegene Gegend?« »Ja, guter Dornberg, das ist nun auch wieder so ein Glücksfall, wie er nicht alle Tage vorkommt! Ich erfuhr in jener Zeit der Trübsal, daß ich wirklich Freunde hatte. Viele wollten mir Liebes erweisen, ich fühlte mich beinahe bedrängt. Eine liebenswürdige Familie nahm mich vorläufig auf und gestattete mir frei zu schalten. Daß ich mich von der Gesellschaft noch zurückzog, ließ man gelten. Dann aber wollte man finden, daß ich die Trauerzeit viel zu lange ausdehnte, man wünschte mich wieder mit dem großen Strome gehen zu sehen, wozu ich doch kein Bedürfnis fühlte. Nun ging der Sommer an. Ich sollte mit den guten Freunden reisen, mit dieser und mit jener Familie, nach Baden, nach Ems, wer weiß wohin, immer wieder in den mir noch ganz widerwärtigen Strudel hinein. Da fiel mir ein Mittel ein, dem Dringen auszuweichen. Mein Vater hatte in seinem Bureau einen Kanzlisten, eine treue alte Seele. Fünfzehn Jahre lang war er bei uns aus und ein gegangen, ja er behauptet, mich auf den Armen getragen zu haben – aber mir fällt ein, daß ja auch Sie ihn gekannt haben, den alten, immer so sauber geschniegelten Herrn Heller –?«

»Freilich! Freilich!« rief Dornberg. »Er trug eine glatt anliegende rötliche Perücke!«

»Sonntags setzt er sie immer noch auf! Heller hatte sich noch bei Lebzeiten meines Vaters aus dem Dienste zurückgezogen, da seine Frau, welche hier aus dem kleinen Flecken ist, eine Erbschaft machte. In jenen Unglückstagen schrieb er an mich, sehr brav und teilnehmend. Ich entgegnete, und um so herzlicher, da er einer von den wenigen Getreuen im Hause gewesen. Daraus entwickelte sich dann ein kleiner Briefwechsel zwischen uns. Da ich ihn nun als Hausbesitzer in einer hübschen Waldgegend wußte, so sah ich durch ihn plötzlich einen Ausweg, mich vor allen den freundlichen Reisebestürmungen zu retten. Ich schrieb an die alten Leute, ob sie mir für einige Sommerwochen ein Asyl bieten wollten? Sie hießen mich willkommen, und so lebe ich hier als Abenteurerin, frei, zufrieden, in mir selbst wieder erwachend, und treibe Kunststudien, indem ich Kinder, Bettelleute und was mir sonst in den Wurf kommt, abzeichne. Aber nun habe ich genug von mir selbst gesprochen, und so ist es an Ihnen, lieber Freund, mir von Ihrem Leben zu erzählen. Vier Jahre müssen es her sein, seit wir uns nicht gesehen, und darüber alte Leute geworden sind. Doch nein! Sie nicht, Sie sind nicht alt geworden!«

»Gewiß nicht, und will es auch nicht! Alt wird nur, wer sich zum Altwerden bereit erklärt. Dazu haben wir beide aber keine Veranlassung. Und ein so junges Mädchen wie Sie sollte davon gar nicht reden. Sie sind zweiundzwanzig Jahre alt, ich weiß es genau, und Sie halten es nicht für unhöflich, daß ich es so genau weiß und ausspreche!«

»Ich mache aus meinem Alter kein Geheimnis. Aber wenn Sie wüßten, wie alt – wie entsetzlich alt ich mir noch vor kurzem erschien! Doch zu Ihnen selbst jetzt! Sie sind verheiratet?«

»Ja, teures Fräulein, seit zwei Jahren, und bin Vater eines rundbäckigen Buben. Meine äußere Lage ist günstig genug, ich bin in meiner Wirksamkeit zufrieden. Mit Rührung denke ich zurück an die Zeit, da wir uns kennen lernten. Vorn an der Straße, im Palaisbau des Hauses, wohnte der Herr Staatsrat mit seiner Tochter, im Hinterhause hatten wir »kleinen Leute« uns eingenistet, meine Mutter und ich, der ich damals Gymnasiallehrer mit noch sehr knappem Gehalt war. Palais und Hofwohnung standen in keinem Verkehr zusammen. Da erfährt Elfriede, daß die Mutter des armen Schullehrers schwer krank darniederliege, und er selbst sich keinen Rat wisse. Das glänzende Weltkind erscheint am Lager der Kranken, bringt ihr Stärkungsmittel, wiederholt ihren Besuch mit immer neuer Hilfe, kommt alle Tage, und die Mutter wird gesund. Aber auch dann noch blieb sie den Leuten in der Hofwohnung getreu. Und wenn es auch nur ein Viertelstündchen gewesen wäre, das sie sich von ihren geselligen Pflichten abstehlen konnte, sie kam! Elfriede, wenn ich daran denke, wie Sie zur Begleitung unsres dünnklimpernden Klaviers mit Ihrer Glockenstimme Lieder von Beethoven, Schubert, Mendelssohn sangen – wie war mir da zumute gewesen! Ich war kein Kind mehr an Jahren, aber innerlich halb verrückt, und Sie durften es nicht wissen – wie verrückt ich war! Jetzt kann ich es ja eingestehen und darüber lachen –«

Auch Elfriede lachte, ohne doch bei dem Thema verweilen zu wollen. »Ich weiß auch noch,« sagte sie, »wie ich von Ihrer Mutter einst beinahe Schelte bekommen hätte! Sie sprach zuweilen aus, wie sie mich gar zu gern einmal im Ballanzuge sehen möchte. Nun war bei uns Tanzgesellschaft, und ich eben mit der Toilette fertig, als mir einfiel, mich so bei der Mama zu zeigen. Schnell mußte es sein, und so flog ich hinaus, über den Hof, in Atlasschuhen, gefolgt von meiner schreienden Zofe, welche das Schlimmste für meinen Flitter fürchtete. Und so sprang ich zu Ihnen ins Zimmer –«

»Ich weiß es wie heut'!« rief Dornberg. »In weißer Seide, eine Flut von Spitzen darüber verbreitet, frische Maiblumensträußer in den Locken und über die ganze Gewandung verstreut!«

»Ihre Mutter schrie auf, und wollte wegen dieses unerhörten Leichtsinns fast gemeinschaftliche Sache mit meiner Zofe machen. Die liebe Gute! Ich fühlte mich immer zu ihr hingezogen. Hatte ich doch selbst keine Mutter! Wo ist Ihre Mama jetzt?« »Bei mir, selbstverständlich! Und Sie sollten sie jetzt sehen, wie frisch und blühend sie geworden, und wie stolz auf ihren Enkel! Ja, was noch mehr, sie hat auch die Musik wieder aufgenommen – Sie wissen, daß sie sich und mich in meiner Kindheit durch Klavierunterricht erhielt. Jetzt spielt sie nur zum Vergnügen, und begleitet meine Frau, die eine schöne Altstimme hat. Ach, Elfriede, wenn ich auch Sie einmal wieder könnte singen hören!«

»Ich habe es lange nicht versucht. Erst jetzt, im Walde, wollen ab und zu wieder alte Klänge über die Lippen. Aber sehen Sie doch –! In welche wundervolle Wildnis wir gedrungen sind! Dieses Gewirr von Gestein, Stämmen und Unterholz! Und wie das Sonnenlicht hindurchfunkelt!«

»Es ist schön! Das heißt, schön für uns Laien!« entgegnete Dornberg. »Sonst aber habe ich bereits klagen hören, daß hier sehr schlechte Waldwirtschaft sei, und durch die Laune des Gutsherrn viel verloren gehe. Chlodwigs Oheim ist ein wunderlicher Herr.«

»Wie ist der junge Mann denn aber gerade an Sie gekommen, und Sie mit ihm hierher!«

»Nun – fürs erste bin ich sechs Jahre lang Chlodwigs Hauslehrer und Erzieher gewesen, nämlich vor der Zeit, da ich Ihre Bekanntschaft machte. Dann aber –«

»Sie?« rief Elfriede überrascht. »Ich denke, er ist von fünf Tanten erzogen worden?«

Dornberg fing an zu lachen. »Von fünf Tanten erzogen?« rief er. »Die müßte ich doch auch kennen! Das hat er selbst Ihnen doch nicht erzählt?«

»Allerdings hat er das!«

»Dann hat er Ihnen etwas aufgebunden! Ihre Bekanntschaft mit ihm ist ja wohl auf ein so kleines Versteckspiel begründet? Übrigens freut es mich –« »Daß er mir etwas aufgebunden? Nun, das sind ja schöne Grundsätze für einen Erzieher!« unterbrach sie ihn munter. »Braucht der erwachsene junge Herr vielleicht noch bis auf den heutigen Tag des Erziehers und Führers? Ich muß Ihnen sagen, er gefällt mir nicht sonderlich. Er erscheint zwar ganz leidlich und wohlanständig, aber solche alabasterne Gesichter sind mir an jungen Männern nicht angenehm!«

»Sie hätten ihn vor drei Monaten sehen müssen! Da war ei ein frischer, blühender Bursche. Aber eine Niederlage von zehn Wochen an einem typhösen Nervenfieber, mit Rückfällen der gefährlichsten Art, hätten auch einen herkulischen Bau erschüttern können. Er ist, sozusagen, frisch vom Tode erstanden.«

»Oh!« warf Elfriede dazwischen. »Das ist freilich etwas andres!«

»Er wird sich hier erholen und kräftigen, denke ich,« fuhr Dornberg fort. »Ich bin es allerdings, der ihn hierher begleitet hat. Auf einer kleinen geschäftlichen Reise begriffen, überschlug ich einen Bahnzug, um unterwegs nach dem Patienten zu sehen, von dessen überstandener Lebensgefahr ich gehört hatte. Sein Vater ist ein reicher Fabrikbesitzer auf dem Lande. Da die verqualmte Luft dort für den Genesenden unzuträglich genug ist, wurde schnell der Entschluß gefaßt, Chlodwig auf einige Zeit auf das Gut seines Oheims zu senden, und so begleitete ich ihn in diese Gegend. Freilich, das Haus dieses alten Herrn paßt für Chlodwigs Naturell gar nicht – doch soll er sich ja auch nicht sowohl drinnen, als vielmehr im Freien aufhalten. Denken Sie nicht übel von ihm! Er ist mir, trotz des Unterschieds der Jahre, sehr befreundet. Innere Konflikte mancher Art sind es, die überdies augenblicklich sein Gemüt und Wesen noch etwas unstetig machen. Der Vater verlangt von dem einzigen Sohn und Erben den Eintritt und die Fortführung des umfangreichen Geschäftes, wozu Chlodwig weder Trieb noch Geschick in sich fühlt. Ein akademisches Studium war dem Sohne schließlich zugestanden worden. Nun aber wendete sich seine Neigung der Philologie zu – was mein früherer Einfluß als Lehrer wohl mit verschuldet haben mag – ein Studium, das sich mit der Fabrik künftig nicht vereinbaren läßt. So kommt er nach drei Jahren von der Universität, und Vater und Sohn sind sehr verschiedener Ansicht geworden, und zwar über nicht mehr als alles! Dann aber – noch eins! Es ist am besten, ich erzähle Ihnen auch das. Eine unglückliche Neigung tat das Ihrige, sein Gemüt leidenschaftlich zu erschüttern. Es war eine Cousine, wie das denn so häufig vorkommt, eine sehr glänzende junge Dame, welche ihn stark anzog, eine Weile mit dem hübschen Vetter ihr Spiel trieb, sich aber doch entschloß, einen nicht mehr jugendlichen Offizier zu heiraten. Es heißt, diese Erfahrung habe ihn völlig aus den Fugen gebracht, und ihn in jene fürchterliche Krankheit geworfen. Ich lasse das dahingestellt sein! Jedenfalls hat sein Gemüt unter dieser Leidenschaft stark gelitten, und auch nach der Genesung scheint ihm eine wunde Stelle geblieben, welche geschont sein will.«

Elfriede dachte nach Anhörung dieses Berichtes bereits besser von dem jungen Manne, den sie bisher nur von oben herab behandelt hatte, dennoch entgegnete sie: »Ist das auch wohl recht männlich?«

»Aber, verehrteste Freundin!« warf Dornberg ein. »Ich muß die Gegenfrage tun: Ist Ihre Frage wohl auch gerecht, oder nur billig? Wer darf von einem zweiundzwanzigjährigen Jünglinge schon die Reife und Überwindungskraft des Mannes verlangen? Frauen schätzen allerdings meist den reifen und charakterfesten Mann, obgleich sie ihn auch nicht immer wählen. Den Mann in Jahren mag man tadeln, wenn er sich von einer Leidenschaft fortreißen und verwirren läßt, zu den Jahren des Jünglings aber gehört die Leidenschaft, ganz unbeschadet seines Charakters. Mir ist ein junger Mann von stark erregbarer Innerlichkeit lieber als ein andrer, der die Erfahrungen nur so an sich abgleiten läßt.«

Da Elfriede nichts darauf entgegnete, fuhr er fort: »Warum muß auch meine Zeit so kurz gemessen sein! Ich hätte gerne noch manches mit Ihnen durchgesprochen. Auch über Ihre Zukunft.«

»Sie wollen doch nicht sobald wieder abreisen?« rief Elfriede.

»Morgen früh schon. Ich darf keinen Tag zugeben!«

»O dann gönnen Sie mir wenigstens den heutigen! Kommen Sie mit zu den alten Hellers! Sie werden sich des Wiedersehens freuen!«

Dornberg war bereit, sie zu begleiten, und sie schritten aus dem Walde dem Städtchen zu. Plötzlich blieb er stehen und sagte: »Einen Vorschlag, liebes Fräulein! Wenn Sie sich hier mit Zeichnen und Waldgenuß Genüge getan haben, dann kommen Sie zu uns! Der Sommer ist noch lang. Auch bei uns gibt es schöne Natur. Meine Mutter und meine Frau würden Sie hochwillkommen heißen. Wie haben im eignen Hause Platz genug, und Ihre Freiheit soll Ihnen bleiben, wie hier bei Hellers!«

»Wie sehr danke ich Ihnen, lieber Freund!« rief Elfriede mit Rührung, »Ich will es in Erwägung nehmen. Noch aber lassen Sie mir einige Wochen Zeit. Ich muß noch mehr Luft einatmen, Einsamkeit genießen, und dabei die weißen Blätter meiner Zeichenbücher füllen!« – –

Am folgenden Morgen verließ Chlodwig früh das Haus seines Oheims, der meist lange in den Tag hinein schlief. Dornberg hatte sich schon abends zuvor von der Gesellschaft verabschiedet, und war, von seinem Freunde zum Wagen begleitet, eben abgereist. Das Haus des Gutsherrn machte spät Tag, da die männlichen Bewohner oft bis zum Morgen zu wachen pflegten. Obgleich der alte Herr ohne Familie lebte, war es nicht einsam um ihn. Als Jagdfreund liebte er, immer gleichgestimmte Gäste um sich zu haben. Er wählte sie unter pensionierten Offizieren, Grundbesitzern, bejahrten Lebemännern, Leuten, die sonst nichts zu tun hatten. Sie blieben wochen-, monatelang; mancher, der keine Unterkunft mehr fand, benutzte das Haus, um darin zu überwintern. Nicht immer wurde gejagt, gewöhnlich aber abends, auch wohl bei Tage schon gespielt, und zwar sehr hoch gespielt. Große Summen wechselten den Besitzer durch Verlust und Gewinn. Dazu war es hergebracht, stark zu trinken, und der Tisch mußte gut bestellt sein für die – nicht eben beste Gesellschaft. Für die Bewirtschaftung des immerhin großen Besitztums hatte der Gutsherr keinen Sinn, er überließ sie den Verwaltern. Aber da er viel verbrauchte, wurde die Wirtschaft schlechter und schlechter, und Chlodwigs Vater, der Fabrikherr, sagte den vollständigen Ruin seines Schwagers seit lange voraus. Das focht jedoch den alten Nimrod nicht an. Hatte er doch keinen Erben, als etwa seinen Neffen, für den ja von Hause aus reichlich gesorgt war. Und so vertrödelte er mit seinen Kumpanen getrost, was er besaß, in der Aussicht, daß es ja für ihn selbst ausreichen werde.

Chlodwig, der sich von der Lebensart und dem Tone des Hauses abgestoßen fühlte, lebte auf seine eigene Hand und auch die Graubärte waren es zufrieden, daß »der kranke Junge«, wie sie ihn nannten, sie nicht störte, sondern seiner Wege ging. Und so schritt er durch das Dorf, der Waldhöhe zu, in der Hoffnung, Elfriede auch heute auf dem Platze zu finden, wo er sie zuerst gesehen. Dornberg hatte ihm kein Geheimnis daraus gemacht, wen er in ihr wiedergefunden, und ihm umständlich über ihre Verhältnisse und ihre Lebenslage berichtet; er durfte annehmen, daß der Freund auch ihr einiges über sein äußeres Leben mitgeteilt habe. Er fühlte die reinste Verehrung und Hochachtung für das junge Mädchen, ja sogar etwas von Demütigung über seine so viel günstigere Lebenslage. Denn er war nicht die Natur, den Wohlstand seines Vaters in Leichtsinn und Genuß auszubeuten, oder sich desselben anders als zu Bildungszwecken zu freuen. Vater und Sohn konnten nicht verschiedener angelegt sein. Der eine ganz Geschäftsmann, der andere von Hause aus Träumer mit künstlerischen und literarischen Neigungen, die denn durch Dornbergs Erziehung in eine bestimmte Richtung gebracht worden waren; eine Richtung, die der Fabrikherr dem Lehrer wenig dankte, und in die er sich nicht so leicht finden konnte.

Chlodwig wartete eine Stunde vergeblich auf die Künstlerin. Auch von den Geschöpfen, die sich sonst um sie zu versammeln pflegten, ließ sich heute nichts blicken. Er empfand noch keine Ungeduld, obgleich es ihn gefreut hätte, sie zu sehen, und so las er in einem Lieblingsbuche, welches er mitgenommen hatte. Dasselbe geschah am nächsten Tage. Am dritten aber fand er sie, wo er sie nicht gesucht hatte. Er war auf einem Pfade zwischen Waldessaum und Kornfeld hingeschritten, als er unvermutet auf eine belebte Gruppe traf. Elfriede saß auf dem Rasen, umgeben von einem Dutzend Kinder, welche diesmal nicht gezeichnet wurden, sondern mit welchen sie Kränze von Kornblumen flocht. Mehrere kleine Mädchen waren bereits bekränzt, andere lernten das Flechten von Elfriede; Massen von Blumen lagen umher, welche ausreichend schienen, alle Häupter blau zu umwinden. Lächelnd und grüßend trat er näher. »Da ich Sie in Ihrer verborgenen festen Burg nicht aufsuchen darf, gnädiges Fräulein,« begann er, »so haben Sie mir es erschwert, Ihnen einen Abschiedsgruß unseres Freundes Dornberg zu überbringen!«

»Daß es auch gar nicht möglich war, ihn länger hier zu fesseln!« entgegnete sie. »Sie würden sich auch darüber gefreut haben, nicht wahr, Herr Sturmfeld? Sie hören, ich weiß Ihren Namen. Und so mag denn der Vertrag, einander nicht nachzuspüren, aufgehoben sein, zumal auch Sie wohl meinen Namen und Aufenthalt kennen. Verstehen Sie sich auf die Beschäftigung, die wir hier kindlich treiben?«

Chlodwig mußte es verneinen, fügte aber hinzu, daß er sich für fähig halte, diese Kunst zu lernen,

»Nun, dann nehmen Sie Platz unter uns – Nero, steh auf!« entgegnete sie. »Liese, du kannst es am besten, zeige dem Herrn, wie man es macht!«

Er ließ sich von der kleinen Dirne unterweisen, und versuchte sich weiter am Werk, während noch dies und das über den abwesenden Freund gesprochen wurde, unterbrochen von einigen Zurechtweisungen, welche Elfriede an ein Paar handgreifliche Buben wendete. Endlich war Chlodwig mit seinem freilich noch schülerhaften ersten Werke fertig, und langte sich das kleinste Bübchen heran, dem ein verräterischer Zipfel aus den Höschen fast nachschleppte. Der Kranz war zu groß, und fiel dem Kinde auf die Schultern. Aber das tat nichts, die Freude des Geschmücktseins dem kleinen Erdenkloß, der sich lächelnd und schmierig der Bewunderung darstellte, zu verringern.

Elfriede erhob sich und schritt mit ihrem Begleiter dem Dorfe entgegen. Es war nicht zu vermeiden, daß die ganze Kinderschar ihnen folgte, wodurch sie sich in der Unterhaltung doch nicht stören ließen. »Da fällt mir ein,« sagte Elfriede, »daß Sie mir ja neulich in betreff der fünf Tanten etwas weisgemacht haben! Dornberg will nie von diesen Tanten gehört haben!«

»Und doch hätte er nur die Augen aufzumachen gehabt!« entgegnete Chlodwig belustigt. »Diese fünf Tanten befinden sich in schweigender Gesellschaft einiger Herren gleichen Alters im Speisesaal meines Oheims, und fielen mir ein, da ich Sie Porträts zeichnen sah. Denn dieser angenehme Familienkreis ist nur gemalt und hängt seit vielleicht hundert Jahren an den Wanden. Die Damen tragen hochgetürmte, gepuderte Frisuren, oben darauf noch Federbüsche, Blumen und Sterne. Die eine hält unter dem Arm ein Wachtelhündchen, die andere hält mit zwei spitzen Fingern einen Pfirsich, die dritte hat eben einen Brief bekommen und geöffnet, liest aber nicht darin, sondern wendet sich mit herausforderndem Lächeln dem Beschauer zu. Das sind die drei Schönen – nämlich unter den fünfen, denn die beiden letzten, obgleich sehr glänzend für die Sitzung geschmückt, spotten der Beschreibung. Diese fünf Ururtanten werden möglicherweise künftig enger an meine Person geknüpft sein, da der Oheim bereits Andeutungen gemacht hat, daß die Galerie in meinen Besitz übergehen werde – vermutlich als das einzige Erbteil, was von ihm zu erwarten steht!«

Elfriede ließ die gute Laune ihres Begleiters gelten. »Sehen Sie nur diese köstliche Straße zum Dorf hinunter!« rief sie, »Schritt um Schritt gewinnt man ein anmutigeres Bild! Man möchte jedes mit dem Griffel festhalten!« Für den, der künstlerisch zu sehen verstand, bot der Abstieg zum Dorfe in der Tat ein malerisches Bild. Auf der einen Seite des Weges Felsen, überragt und durchsetzt mit Laubholz, auf der anderen die tiefe Schlucht des Waldwassers, in grüne Matten gesenkt, darüber dichtbewachsene Berge. Besonders mannigfaltig machte den Weg eine Fülle von Obstbäumen, welche den Abhang schützten oder mit ihren Kronen aus der Tiefe ragten. »Dort drüben,« fuhr Elfriede fort, »die allerletzte, vereinsamte Hütte gehört der alten Trude. Ich möchte mehr von ihrem Leben wissen, auch was ihr die Feindschaft Gabriel Neuntöters zugezogen hat?«

Chlodwig wußte es bereits, konnte sich aber nicht entschließen, es Elfrieden im ganzen mitzuteilen. Trude hatte einen Sohn, der die Tochter des Waldhüters gern mochte. Der Alte wollte das nicht haben, und stieß gewaltige Drohungen aus. Die Sache ging trotzdem, wie dergleichen auf dem Lande zu gehen pflegt. Die Tochter bekam später doch noch einen Mann, der sich nicht daran stieß, daß sie ihm an der Hand etwas zuführte, was inzwischen im Hause ihres Vaters aufgewachsen war. Schon vorher aber hatte man eines Tages den Sohn der Trude im Walde erschossen gefunden. Die Sache blieb dunkel. Obgleich der Gutsherr für seinen Waldhüter eintrat, mußte Gabriel wegen fahrlässiger Tötung ins Gefängnis. Das war vor zehn Jahren geschehen.

Chlodwig gab seiner Begleiterin nur über den letzten Teil dieser Geschichte einen kurzen Bericht, doch er bereute auch schon dies, da er hörte, wie Elfriede von dem lebhaftesten Anteil an den Personen ergriffen wurde. Sie sah an allen diesen Gestalten nur die guten Züge, und manchmal mehr, als nachzuweisen waren, während der junge Mann, trotz seines kurzen Aufenthaltes in der Gegend, schon eine andere Einsicht in die Verhältnisse und Menschen gewonnen hatte. Denn hier hieß es: Wie der Herr, so die Untergebenen. Der Oheim ging mit üblem Beispiel voran und kümmerte sich nicht um die sittliche Verkommenheit der Dorfbewohner. Kümmerte er sich doch kaum um das Verderben seines Besitztums, welches durch schlechte Beamte denn auch ausgebeutet wurde. Nun waren unter diesen noch einige, die selbst über die Wirtschaft den Kopf schüttelten, besonders ein Förster, welcher sich dem jungen Gaste im Hause bereits genähert hatte. Er sah in Chlodwig den künftigen Erben, und hielt es für klug, demselben beizeiten einige Aufschlüsse zu geben. So erfuhr der Gast denn auch, daß der brave Gabriel Neuntöter einer der schlimmsten Halunken sei, der wegen wiederholten Unterschleifs längst hätte aus dem Dienst gejagt werden müssen, wenn er nicht durch die besondere Gunst des Gutsherrn immer wieder geschützt worden wäre.

»Wenn man der alten Trude doch etwas Freundliches erweisen könnte!« rief Elfriede. »Sie ist gewiß sehr arm. Ich möchte sie einmal in ihrem Hause aufsuchen. Ja, und ich führe es gleich aus. Wollen Sie mich begleiten?«

Chlodwig verstand sich dazu, obgleich ihm dieser Besuch Elfriedens nicht recht war. Aber da es ihm noch bedenklicher erschien, sie diesen Besuch allein ausführen zu lassen, und er eine bestimmte Warnung nicht aussprechen mochte, wollte er sich eher zu dem ihm Widerstrebenden verstehen. Er suchte sich des Gefolges der Kinder zu entledigen, und stieg mit Elfrieden einen Seitenpfad hinab, über den Steg des Baches, um die Dorfstraße zu vermeiden. Das Häuschen war unverschlossen, ebenso die Stubentür. Als sie aber in den niederen Wohnraum eintraten, drang ihnen ein so sinnbetäubender Geruch von verschiedenen Kräutern entgegen, daß Elfriede sich schaudernd zur Flucht wendete. Chlodwig riß an dem engen, blinden Fenster, fand aber, daß es zum Öffnen gar nicht eingerichtet war. »Mein Gott,« rief das junge Mädchen, »in diesem Dunst leben und atmen die Leute hier?« Sie blickte nur durch die offene Tür hinein. Weder die Alte noch der Knabe schien zu Hause zu sein. Die Stube war Küche und Wohnraum zugleich, ärmlich, aber nicht bettelhaft eingerichtet. Man sah Kochgeschirr und Mobiliar, Betten, Stühle, den Tisch, eine Truhe. An den Wänden aber hingen zahllose Pflanzenbündel zum Trocknen. Elfriede wagte sich noch einmal hinein, und legte ein Geldstück auf den Tisch, mit den Worten: »Ich bin ihr noch das Honorar schuldig für die Sitzung als Modell.« Sie hatten das Haus kaum verlassen, als sie Girgls ansichtig wurden, der den Abhang herabgelaufen kam. Der Knabe begrüßte sie und machte Miene, sich ihnen anzuschließen, wurde aber durch Chlodwig zurückgewiesen.

Der junge Mann fühlte sich auch mit Elfriedens Freigebigkeit nicht einverstanden. Es war bereits bekannt, daß sie jeden, der sich von ihr zeichnen ließ, belohnte, ja über Gebühr beschenkte, und so hatte sich allerlei Gesindel in ihre Nähe gedrängt, um an dieser Einnahmequelle teilzunehmen. Chlodwig empfand das peinlich, zumal er durch Dornberg erfahren, daß sie ihren geringen Besitz eher zu Rate halten mußte. Ihre Großmut gefiel ihm, ihren schönen Glauben an die Armen und Geringen mochte er nicht schon untergraben, und so sann er auf ein Mittel, wie er künftig ihr Umherstreifen zu künstlerischen Studien in eine andere Richtung lenken, und sie durch seine Begleitung vor Zudringlichkeit und vielleicht Unannehmlichkeiten schützen könne. Denn wie leicht wär's möglich, sagte er sich, daß sie einmal von einem der graubärtigen Nimrods aus seines Oheims Hause, deren Manieren er kannte, getroffen und gar beleidigt werden könnte! Mit raschem Entschluß begann er daher: »Gestatten Sie mir den Wunsch, gnädiges Fräulein, daß ich unsere Begegnung nicht mehr vom Zufall im Freien abhängig mache! Erlauben Sie auch mir, Ihnen und Ihren Gastfreunden im Städtchen meinen Besuch zu machen. Wenn ich Sie künftig zu Spaziergängen abholen dürfte, könnte ich Ihnen noch manchen malerischen Punkt in der Gegend zeigen, den ich auf einsamen Gängen entdeckt habe. Und wenn für die Unterhaltung Neros noch ein vierter nötig wäre, so könnte ich ja Ihren Freund Girgl auch mitbringen!«

Elfriede fühlte sich durch diese Worte eigen berührt. Sie verstand, daß er recht hatte, und erklärte sich einverstanden. Aber sie hörte noch etwas heraus, das sie etwas empfindlich berührte, zumal sie sich sagen mußte, daß sie ihren Begleiter bisher unterschätzt hatte. Er war mit ihrer freien Bewegung nicht einverstanden, sagte sie sich, er wollte für ihren Verkehr eine bestimmte gesellschaftliche Form, und zwar zu ihrem eigenen Besten bewahrt wissen. Erkannte sie diesen Zug an ihm als lobenswert, so fühlte sie sich ein wenig gedemütigt, daß sie, die überlegene Dame der Gesellschaft, einem so jungen Manne recht geben mußte. Wenn ihr das innerlich ein wenig zu schaffen machte, so sollte die Regung doch bald überwunden sein. Als sie am folgenden Morgen in den Garten trat, sah sie Chlodwig in Gesellschaft des Knaben (doch ohne die Ziegen) bereits heranschreiten. Er stellte sich Herrn und Frau Heller vor und holte das Fräulein ab, um ihr einen schönen Platz für ihr Skizzenbuch zu zeigen. Da die Wanderung etwas weit gedacht war, beeilte sich das Mütterchen, ihnen ein kleines Bündel zum Frühstück mitzugeben, welches nicht verschmäht wurde.

Von dieser Stunde an sahen Chlodwig und Elfriede sich täglich. Morgens oder nachmittags, je nach Verabredung, pflegte er vorzusprechen und sie zum Spaziergang abzuholen. Oft genügte ein engerer Umkreis, an der Wiese entlang, am Waldessaum. Es wurde wohl ein Buch mitgenommen, und während sie zeichnete, las er vor. Dann wieder schreckte man vor stärkeren Märschen nicht zurück, zuweilen ins Pfadlose, in fröhlicher Stimmung, die Höhen und Abhänge hinauf und hinunter. Zuweilen winkte Chlodwig auch einen Holzfäller im Walde herbei, der sich als malerisch erwies, duldete aber nicht mehr, daß Elfriede ihrem Modell Geldgeschenke machte.

Dieses harmlose Beisammensein in reiner Ungebundenheit wurde den jungen Leuten von Tag zu Tag erfreulicher, ja zum Bedürfnis. Und doch mischte sich keine Empfindung darein, welche über ein freundschaftliches Wohlwollen hinausgegangen wäre. Jedes wußte vom anderen genug, um den Nachwirkungen noch kaum überwundener Erlebnisse Rechnung zu tragen. Sie brachten niemals die Rede darauf, aber das wachsende Vertrauen gab zuweilen durch Andeutungen Kunde, daß sie mit ihren Lebenserfahrungen bekannt waren. Vielleicht wirkten auch ihre gleichen Lebensjahre mit zu einer mehr geschwisterlichen Beziehung. Elfriede fühlte sich in Chlodwigs Gegenwart so sicher wie in der eines Bruders, und zwar eines jüngeren Bruders, den sie in manchen Punkten seiner Entwickelung zwar etwas übersah, auf dessen Charakter, Tapferkeit und Schutz sie sich aber verlassen konnte. Sie freute sich, daß sein Aussehen frischer zu werden anfing, sie nahm mit Genugtuung wahr, auf wie zahlreichen Gebieten er sich bereits gebildet und unterrichtet zeigte.

Eines Nachmittags hatten sie in der Nähe der Stadt unter einem breitschattigen Baume Platz genommen. Es war eine kleine Anhöhe, von welcher Elfriede eine Übersicht aufnehmen wollte. Einfach genug: Im Vordergrunde das Kornfeld, darüber die Türme, Dächer und Gärten der Stadt. Chlodwig, der zu lesen versprochen, zog aus der Brusttasche diesmal ein sehr kleines Büchlein, und faßte aus Versehen ein Notizbuch mit, welches er fallen ließ. Indem er danach griff, flogen einige beschriebene Blätter heraus, derer sich der Wind bemächtigte. Eins derselben geriet auf Elfriedens Zeichenbuch. Sie reichte es ihm mit den Worten: »Es sind Verse darauf geschrieben! Soviel habe ich gesehen!« Da er leicht errötete, fuhr sie fort: »Sind die Verse etwa von Ihnen selbst? Ich traue Ihnen dergleichen zu!«

»Nun – ja!« entgegnete er zaudernd. »Und so will ich nur gleich bekennen, daß ich diese Blätter schon seit mehreren Tagen bei mir trage, um sie Ihnen vorzulesen, es aber immer nicht gewagt habe!«

»Lesen Sie!« rief Elfriede heiter, »Oh, allerliebst, daß der lustige Wind vom Ährenfelde her mit zu dieser Entdeckung helfen mußte! Ich höre zu!« Sie legte den Bleistift nieder, um ganz aufmerksam zu sein, und er begann zu lesen:

> »Liegt im Nebeldunst das Tal
> In der frühen Morgenstunde?
> Tauscht mit düstrer Tageskunde
> Wieder nur der Träume Qual?
> Ach, es strebt zu hellrem Lichte
> Längst die Brust aus banger Nacht!
> Drum hinauf die Flügel richte,
> Seel' und Sinn, zum Tag erwacht!
>
> Aus dem ersten Schwung empor
> Quillt ein himmlisches Gesunden,
> Und die Sonn' ist schon gefunden,
> Die dein Träumen nur verlor!
> Von lebend'gem Glutensegen
> Wieder bis ins Herz erwärmt,
> Fühlst du schwinden jedes Regen,
> Das dich bitter einst gehärmt!
>
> Nun mit jeder Zuversicht
> Komme wieder Lust und Streben!
> Schön und reich ist alles Leben,
> Wenn's im Herzen rein und licht!
> Nicht mehr scheuchst du, Morgenstunde,
> Mich in Dämmerung zurück!
> Denn mir drang zum Herzensgrunde
> Meiner Sonne Strahlenglück.«

Elfriede nickte ihm Beifall, ohne denselben in Worte zu fassen. »Schenken Sie mir das Blatt!« begann sie darauf. »Ich möchte es öfters lesen!«

Er überreichte es ihr, diesmal hoch errötend vor Freude.

»Haben Sie da noch mehr?« fuhr sie fort, »Ich sehe noch einige Blätter. Der Anfang ist überwunden, nun teilen Sie frisch mit, was Sie haben.«

Chlodwig las noch einige Gedichte, nach deren Anhören Elfriede schweigend in die Hände klaschte. »Wissen, Sie auch, wodurch Sie mich sehr überrascht haben?« sagte sie darauf, indem sie ihn mit frohen Augen anblickte. »Daß Ihre Lieder so frei und lebensmutig klingen! Ich habe eher etwas Melancholisches erwartet.«

Er schlug die Augen nieder. »Damit hätte ich allenfalls auch aufwarten können – werde mich aber hüten!« entgegnete er, »Es ist noch nicht lange her, daß ich mich nur in trostlosen Molltonarten versuchte, jetzt aber weiß ich, daß dergleichen aus krankhaften Stimmungen hervorgegangen ist, und ich nichts in Verse gebracht, was nicht andere schon besser gesungen haben.«

Elfriede hatte ihren Zeichenstift wieder in Bewegung gesetzt. »Wie hübsch ist doch,« sagte sie nach einer kleinen Weile, »daß wir unsere Kunststudien so gleichsam zusammen treiben und gegeneinander austauschen können.«

»Es ist das erste Mal, daß ich eine solche Mitteilung wage!«

»Um so mehr freue ich mich, daß mir zum erstenmal ein Dichter etwas vorgelesen hat, und daß ich sein Gedicht sogar zum Geschenk erhalten habe!«

»Ach, mein gnädiges Fräulein!« seufzte Chlodwig, »Sie geben mir da einen Namen, an den ich noch nicht Anspruch gemacht; denn mein Versemachen ist bisher reines Naturprodukt gewesen; einen Namen, auf den ich auch für künftig nur freiwillig zu verzichten habe! Soll und darf ich doch meiner Neigung, meinem innersten Trieb nicht leben! Sie wissen ja, ich bin an diese schreckliche Fabrik meines Vaters gebunden!«

»Warum nicht gar!« rief Elfriede lachend, indem sie aufstand. »Da Sie die Fabrik schrecklich finden, werden Sie sich künftig auch nicht an sie binden. Kommt Zeit, kommt Rat. Girgl! Nero! Wo sind denn die beiden!«

Sie kamen gesprungen. Obgleich die Dämmerung zu sinken begann, wurde beschlossen, den Heimweg durch den Wald zu nehmen. Chlodwig war sehr heiter, munterer als jemals geworden, und seine Stimmung teilte sich Elfrieden mit. Allerlei Scherzhaftes kam zur Sprache, sie lachten viel, sie waren zum erstenmal seit ihrer Bekanntschaft ein paar ausbündig vergnügte junge Leute. »Ach!« rief Elfriede plötzlich: »Wenn Ihre seligen fünf Tanten aus der Urzeit noch lebten, was würden sie zu unserem Verkehr, zu unserer köstlichen Waldfreiheit sagen? Wie anstößig würde mein Betragen den wackeren Damen erscheinen!«

»Was versteht der Philister von Freiheit, von Menschengefühl, vom Werte des Daseins?« rief Chlodwig. »Was wissen die Pedanten von allem Schönen, was uns beglückt? Sie nehmen das Leben aus dem Regelbuche der Alltäglichkeit, wir aber halten das Recht der guten Stunde fest!«

»Ach! Ach! Sehen Sie doch!« rief Elfriede plötzlich von Erstaunen hingenommen, und hemmte ihren Schritt. »Was ist das?«

Ein magisches Licht ergoß sich durch den Wald, in bläulichen, goldenen und röthlichen Farbentönen. Es wechselte, ging ineinander über, streifte heller nach oben, senkte sich wieder zu den Büschen. Um das Unterholz aber schwebten Funken um Funken, Tausende, Millionen, von welchen das Licht ausging; hier in Gruppen, eine leuchtende Glorie um sich verbreitend, dort einzeln, wie einsam kreisende Steine, den weichen Flug in die Wipfel richtend. Sie senkten sich auf die Wandelnden, setzten sich auf Elfriedens Hut und Schulter, sie streuten über ihr Gewand eine goldleuchtende Stickerei.

»Umgibt uns eine Märchenwelt?« rief sie, die dergleichen noch nicht gesehen hatte. »Sind wir in einen Zauberwald in Oberons Reich geraten?«

»Sommernachtstraum! Sie haben recht!« entgegnete Chlodwig heiter. »Morgen ist Johannistag! Leuchtkäfer, Glühwürmchen, Elfenlichter nehmen ihre Stunde wahr! Girgl, wie ein ungebärdiger Puck, springt umher, die schwebenden Lichter zu haschen und zu necken, während der Kobold Nero durch die Büsche jagt und rast!«

Elfriede ging, von heiliger Scheu vor diesem Naturschauspiel ergriffen, dahin und fand für ihr Entzücken keine Worte. War es doch, als sollte das Flimmern, Aufleuchten, das langsam durcheinander schweifende Lichterspiel nicht enden! So kamen sie zum Waldesrande, der vom grasigen Boden bis zu den Stämmen noch einmal wie mit Kränzen und Gewinden von Edelsteinen geschmückt schien. Draußen aber standen die Sterne ruhend in der Höhe, und von den Kornfeldern wehte würziger Hauch durch die Kühle. Vor der Tür des Hellerschen Häuschens trennten sich die Freunde. »Ich bin so dankbar für alles, was der Tag mir heute geschenkt hat!« sagte Elfriede. »Und auch Ihnen habe ich zu danken!« Chlodwig aber bat sich aus, sie auch morgen abholen zu dürfen, da er sich für den Johannistag etwas besonders Festliches ausgesonnen habe.

Die holden Eindrücke eines harmlos genossenen Tages gaben Elfrieden die reinste Stimmung, und selbst im Traume umgaukelten sie noch Bilder aus dem Feenreich, in welches sie einen Einblick getan zu haben wähnte. Als sie aber morgens erwachte, vernahm sie eigentümliche Töne, wie sie solche während der Zeit ihres Waldlebens noch nicht gehört hatte. Ein Rieseln und Plätschern machte sich vernehmlich. Grau und mürrisch lagerte die Wolkendecke über der Gegend, und schüttete langsam einen ausgiebigen Landregen nieder. »O weh! da verregnet ein Johannisfest!« dachte sie. »Und nicht allein mir!« – Denn die Bewohner des Ortes hatten draußen auf dem Anger allerlei vorbereitet, die Jugend hoffte auf Wettspiele und Tanz, um den Tag fröhlich zu genießen. Gewöhnt, nach der Sitte des Hauses, den Tag früh zu beginnen, kleidete sie sich an, um Frau Heller am Frühstückstische zu begrüßen. Da hielt ein Wagen vor der Tür, und heraus sprang Chlodwig, mit sichtlich verstörten Zügen. Sie trat ihm auf der Schwelle entgegen.

»Ich komme Abschied zu nehmen!« rief er. »Und zwar nur hastig, im Fluge! Ein Brief, den ich gestern abend vorfand, ruft mich nach Hause. Ich gehe vielleicht dem Schrecklichsten entgegen!«

»Ist es so ernsthaft?« fragte sie. »Doch nicht ein wirkliches Unglück?«

Chlodwig senkte seine Stimme, und fast im Flüsterton sagte er hastig: »Die Fabrik ist geschlossen, die Kasse hat ihre Zahlungen eingestellt – es scheint ein vollständiger Zusammenbruch – und so plötzlich, so unerwartet! Oh, möchte doch alles dort zugrunde gehen – aber mein Vater! Mein armer, unglücklicher Vater!«

»Was ist mit ihm? Sagen Sie mir alles!«

»Der Brief ist nicht von seiner Hand! Ich lese eine Andeutung darin – o mein Gott, wie werde ich ihn wiederfinden! Leben Sie wohl, teuerstes Fräulein! Ich muß eilen, darf den Anschluß an den Bahnzug nicht versäumen, wenn ich meinen Vater heut' noch sehen will. Gestatten Sie mir, daß ich Ihnen schreibe? Leben Sie wohl!« Er ergriff ihre Hand, drückte seine Lippen darauf und sprang in den Wagen. Wenige Augenblicke darauf war er im grauen Regenschleier der Landstraße verschwunden.

Elfriede ging ergriffen in ihr Zimmer zurück. So schnell und unvermutet, mit einem erschreckenden Mißklange, war das Ende der schönen Gemeinsamkeit gekommen. Chlodwigs schmerzliche Erfahrung ging ihr nahe, die Ungewißheit seines Geschickes beschäftigte ihre Gedanken.

Es regnete den ganzen Tag, Herr Heller sagte, der hundertjährige Kalender habe wieder recht behalten, und es werde wohl die nächsten Wochen so fortdauern, ja sogar einen sehr nassen und schlechten Sommer geben. Unter den Nachbarn fanden sich auch einige von den »ältesten Leuten«, welche aussprachen, daß, wenn es in dieser Gegend um Johanni anfange zu regnen, an ein Aufhören nicht so bald zu denken sei.

Der Hundertjährige und die Ältesten schienen richtig geweissagt zu haben. Mit dem Schweifen durch Wald und Feld war es vorüber. Elfriede nahm ihre Zeichenbücher, um manches, was sie draußen nur flüchtig angelegt hatte, auszuführen. Sie suchte Unterhaltung in ihren mitgebrachten Büchern. Diese aber reichten bald nicht mehr aus, und sie wurde verlegen um Beschäftigung. Nach acht Tagen kam ein Brief von Chlodwig – nur kurz gefaßt, aber es stand genug darin zu lesen. Daß der Fabrikherr nicht eines natürlichen Todes gestorben, sondern in der Verzweiflung Hand an sich gelegt hatte, war nicht ausgesprochen, aber sie verstand es aus der Andeutung. Offen aber bekannte Chlodwig, daß aller Besitz verloren und ihm nichts als ein häßlicher Prozeß mit fraglichem Ausgang übrig geblieben sei. Schon einige Tage darauf langte auch ein Brief von

Dornberg an. Er bestätigte mit vielem Anteil das Geschick seines Freundes, vorwiegend aber wiederholte er seine Einladung und bat um den versprochenen Besuch. Elfriede hatte nicht mehr die Absicht, darauf einzugehen. Eine warnende Stimme hielt sie ab, als Gast unter einem Dache zu erscheinen, dessen Hausfrau sie noch nicht kannte, während der Hausherr sie als seine Freundin anredete. Ihr Entschluß war gefaßt. Ein Regensommer deuchte ihr für ein fleißiges Arbeiten in der Hauptstadt nicht übel, zumal sie die große Welt nach allen Gegenden hin zerstreut wußte. Sie brachte, trotz der triefenden Zweige und fast undurchdringlicher Wege, dem Walde noch einen letzten Gruß, um sich darauf auch von ihren alten Gastfreunden zu verabschieden. – –

Freundliche Erinnerungen, wieder geweckt durch Zeichnungen, Bilder, alte Melodien und Lieder, auch wohl einen welken Blumenstrauß, wie mächtig können sie uns oft in der Einsamkeit überraschen! Wir lauschen, betrachten und sinnen, und wir erstaunen, daß Jahre vergangen sind, seit das alles blühte, klang, oder vor unseren Augen lebendig war. Menschen, mit welchen wir, abseits vom Wege unseres gewöhnlichen Lebens, kurze Zeit gelebt, zu welchen sich ein herzlicheres Vertrauen angesponnen, als wir zu unseren täglichen Umgebungen fühlen; freundliche Beziehungen, welche dauernd zu bleiben versprachen; wie oft geht das gleichsam episodisch an unserem Leben vorüber! Fahrlässigkeit, eigene Schuld, auch wohl freiwilliges Verzichten trennt uns von dem Liebgewordenen. Nicht immer will sich, was wir als schön, liebenswürdig und begehrenswert erkannt haben, mit dem Ernst unseres Tagewerkes für das Leben vereinigen.

Elfriede lebte wieder in der großen Welt, die sie einst verlassen hatte. Sie suchte sie nicht, sie selbst wurde aufgesucht und hatte sich ihre Unabhängigkeit und ihre Stellung zu wahren gewußt; ihre schöne Stimme erklang wieder, und jetzt voller und entwickelter, in den Gesellschaftssälen. Sie war persönlich geachtet, man fand sogar, daß ihre Erscheinung, ihr ganzes Wesen, ausdrucksvoller geworden sei. War sie sonst als Tochter eines Mannes in hervorragender Stellung umflattert worden, so wurde sie jetzt um ihrer selbst willen gefeiert. Es fehlte auch nicht an Männern, die ihr gerne ihre Hand angetragen hätten, doch wußte sie sich solchen Annäherungen gewandt zu entziehen. Nun aber kam ihr ein Mann mit der höchsten Auszeichnung entgegen, ein Mann, der von allen ihren Freunden oder Bekannten als eine »höchst brillante Partie« bezeichnet wurde. Der Bankier Bornhofen war in allen Kreisen, selbst einer so großen Stadt, bekannt, und seinen Namen wenigstens kannte jeder als den eines der reichsten Geschäftsleute. Sein Haus war ein Palastbau, seine Gemäldesammlung vortrefflich, jedermann zugänglich. Er war Kunstgönner und Kenner, und liebte es, die Vertreter aller Künste bei sich zu versammeln. Mehrfach hatte er gegen Elfriede ausgesprochen, daß er seinen Ehrgeiz und sein Glück darein setze, ihre Stimme einmal in seinem Musiksaal erklingen zu hören. Sie war seinen Einladungen stets ausgewichen und hatte sein Haus, welches der Herrin entbehrte, niemals betreten. Andere Damen, auch einzeln dastehende, gleich ihr, waren darin minder bedenklich gewesen, ja es gab unter ihren nächsten Bekannten manche, die eine solche Zurückhaltung ungerechtfertigt erklärten. Beneideten ihr doch viele die Huldigung des glänzenden Mannes, und eigentlich zweifelte man nicht, daß sie Bornhofen ihre Hand reichen werde. Denn wie wäre ein solcher Glücksfall auszuschlagen gewesen? War Bornhofen nicht mehr jung, so hatte er, nach der Ansicht der Welt, alles, was einem Werber, noch dazu einem mittellosen Frauenzimmer gegenüber, die Jugend reichlich ersetzt. Eines Abends hatte Elfriede in einem Familienkreise auch wieder Anspielungen dieser Art vernehmen müssen. Mißmutig kehrte sie in ihr kleines Heimwesen zurück und saß noch spät, sinnend und grübelnd, bei der einsamen Lampe. Plötzlich öffnete sie eine Schublade und zog unter ihren Skizzenbüchern eins hervor. Eine Reihe von Bildnissen war darin gezeichnet, zwei Briefe und ein Gedicht kamen ihr in die Hände, und die glücklichen Tage des Waldlebens standen vor ihrer Erinnerung. Sie blätterte in dem Buche und meinte, das Porträt Chlodwigs müsse auch kommen. Es tat ihr jetzt leid, seine Züge damals nicht festgehalten zu haben. Aber sie erinnerte sich bei manchem Blatte, das sie in seiner Gesellschaft gezeichnet hatte, lebhaft der Gespräche, die sie zusammen geführt, und wie sie ein immer größeres Vertrauen zueinander gefaßt hatten. Da fiel ihr der letzte Abend ein, jener lebendige Sommernachtstraum, den sie gemeinsam durchwandert, und schnell holte sie auch das Buch mit den Naturstudien herbei, um jedes Angedenken an jene Gegend wieder in sich aufzufrischen. Es war nicht das erste Mal, daß sie diese Bilder wieder an sich vorübergehen ließ, aber über ein Jahr mochte vergangen sein, seit sie das alles beiseite gelegt, um es nicht wieder zu betrachten. Heute aber versenkte sie sich tiefer hinein. Wo mochte Chlodwig jetzt verweilen? fragte sie im stillen; wie mochte er sein Geschick ertragen haben? Was mochte aus ihm geworden sein? Gern hätte sie einmal Nachricht über ihn empfangen. Aber freilich hatte sie weder seinen ersten, noch seinen ausführlicheren zweiten Brief entgegnet, und so war er wohl der Mitteilung müde geworden? Seufzend legte sie die alten Erinnerungszeichen wieder zusammen, und schalt sich, daß ihr noch eine Stimmung daraus hervortauchte, welche sie doch verbannt wissen wollte. Inzwischen hatte Herr Bornhofen sich eine List ausgesonnen, durch die er die Widerstrebende dennoch gewinnen wollte, in seinem Hause zu singen. Er hörte von einem jungen Musiker, der sich bisher vergeblich bestrebt hatte, eine Kantate eigener Komposition zur Aufführung zu bringen, dem aber zugleich Elfriede bereits das Versprechen gegeben, für alle Fälle die Hauptstimme in seinem Werke zu übernehmen. Mit diesem verständigte er sich insgeheim, gab ihm die nötigen Mittel und hieß ihn alles vorbereiten, auch immerhin auf ein bestimmtes Lokal für die Aufführung hindeuten. Im letzten Moment sollte dann über dieses Lokal eine Verlegenheit entstehen. Als Helfer in der Not wollte dann Herr Bornhofen eintreten und den Künstlern seine eigenen Räume anbieten. Das letzte sollte jedoch noch verschwiegen bleiben. Der kluge Mann wußte das alles so harmlos einzukleiden, daß es mehr aussah, als wolle er nicht als öffentlicher Protektor des jungen Künstlers auftreten, um ihm größere Freiheit zu lassen. Der Komponist, nicht ahnend, was sich dahinter verbarg, war ganz Freude und Dankbarkeit, und eilte zu Elfrieden, um sie an ihr Versprechen zu mahnen. Es war ihr nicht lieb, ja sogar unangenehm, zumal an eine öffentliche Vorführung des Werkes gedacht wurde. Vor ein paar Jahren schien der junge Musiker ein sehr aufstrebendes Talent, inzwischen aber hatte sich Elfriede und andere auch überzeugt, daß seine Arbeit ein recht untergeordnetes Werk geworden, mit dem wenig Ehre einzulegen war. Sie konnte ihm nur versprechen, den auf sie fallenden Teil noch einmal anzusehen, womit er alles gewonnen zu haben glaubte. Wirklich wurde bald geübt und vorbereitet, der für den Dirigenten ersehnte Tag rückte näher, obgleich die Beteiligten immer verlegener wurden, und im Tenor und Baß sich bereits ein bedenklicher Humor ans Licht wagte. Mißmutig über diese Vorgänge, beschloß Elfriede eines Morgens, um sich zu zerstreuen und reinere Eindrücke zu suchen, einen Gang in die öffentliche Kunstausstellung zu tun. Es war noch früh, man hatte die Säle eben erst geöffnet, nur wenige Besucher ließen sich darin sehen. Sie schritt langsam dahin, ab und zu stehen bleibend, betrachtend und genießend. Es war ihr nicht entgangen, daß zwei junge Männer ihr folgten, bald in gemessener Entfernung, bald sich wieder näher wagend. Sie achtete nicht darauf und ging weiter. Plötzlich aber hörte sie Tritte hinter sich und schon sagte eine Stimme neben ihr: »Mein gnädiges Fräulein! Elfriede –!«

Erschreckt wendete sie sich um, aber sie hätte aufjauchzen mögen vor Überraschung, denn vor ihr stand Chlodwig. Er war es, obgleich kaum noch derselbe von Aussehen. Sein Gesicht zeigte die frischeste Farbe der Gesundheit, seine Gestalt war kräftiger entwickelt, sein Auge glänzte von geistigem Leben, und in diesem Augenblick von innerster Freude. »Kennen Sie mich wirklich nicht mehr, mein Fräulein!« fuhr er fort, die ihn sprachlos Anstarrende mit Entzücken betrachtend. »Ich selbst habe den Augenblick des Wiedersehens so sehnlich erwartet! Sind Sie nicht mehr Elfriede –?«

»Ja! ja, ich bin es noch!« rief sie, ihm die Hand zum Willkommen reichend.

»Oh, wie beglückt es mich, Sie gefunden zu haben!« fuhr er fort. »Ich erkannte Sie schon auf der Straße, sah Sie hier eintreten, und zwang meinen Freund –«. Er wendete sich nach seinem Begleiter um, der sich bescheiden zurückgezogen hatte.

»Was führt Sie nach der Hauptstadt?« fragte Elfriede, ihn mit Genugtuung betrachtend.

»Das Lästigste, was sich denken läßt, ein Prozeß! Das einzige, was mein unglücklicher Vater mir hinterlassen konnte. Nun, Gott sei Dank, auch diese Last drückt nicht mehr, denn der Prozeß ist verloren. Seit gestern, da die Sache zum Austrug kam, fühle ich mich ordentlich erleichtert – obgleich ich auch noch die Prozeßkosten zahlen mußte.«

»Und was treiben Sie jetzt? Hat sich Ihre Fabrik erhalten?«

»Nichts davon, gar nichts! Ich fabriziere Gott sei Dank! nichts mehr – nur noch zuweilen Verse! Sie wissen vielleicht noch? Alles in allem, aber bin ich – Schulmeister!«

»Schulmeister?« rief Elfriede lachend. »Wie sind Sie dazu gelangt? Sehen Sie doch eher aus wie ein übermütiger Student!«

»Nun, der Übermut kommt denn zuzeiten wieder, wenn er mir auch seit jener Stunde, da ich mich von Ihnen verabschieden mußte, eine Zeitlang gründlich vergehen mußte. Ich mag davon nicht reden! Aber trotz allem, was zu überwinden war, hat es das Geschick doch wohl gut mit mir gemeint, daß es mich aufrüttelte und mich zur Selbständigkeit wachrief. Kurz, ich war, was man so nennt, an den Bettelstab geraten. Dornberg half mir auf, er ermutigte mich zu einer Prüfung, die ich bestand – ja, denken Sie, bestand! Und da er Direktor seines Gymnasiums geworden, trat ich an demselben als Lehrer ein, und so bin ich Schulmeister geworden. Ach, gnädiges Fräulein, es gibt auch für arme Schulmeister glückselige Augenblicke! Und solch ein Augenblick ist dieser, da ich Sie wieder ansehen darf!«

Elfriede fühlte sich durch seinen Blick so im Innersten getroffen, daß sie sich abwenden mußte.

»Und darf ich denn nun auch Sie fragen,« fuhr er fort, »wie es Ihnen ergangen ist? Wie Sie leben?«

»Ähnlich wie Sie!« entgegnete sie heiter. »Auch ich habe mich der Schulmeisterei zugewendet. Ich bin Gesanglehrerin.«

»Was? Sie? Gesanglehrerin?«

»Ist das etwas sehr Schlimmes?« fragte sie lächelnd.

»Als Malerin hatte ich mir Sie gedacht! Haben Sie Ihre Kunststudien aufgegeben?«

»O gewiß nicht! Sie sind noch in vollem Gange, aber sie wollen Zeit haben. Da ich nun in meinem äußeren Dasein auf mich selbst angewiesen war, und es mit dem Porträtmalen nicht so schnell ging, als mein Geldbeutel verlangte, so mußte ich vorerst dasjenige auszubeuten suchen, was ich schon konnte, nämlich Singen. Unterrichtsstunden boten sich bald mehr, als ich brauchen konnte. Ich gebe nur so viele, als sich mit meinen Malerstudien vereinigen lassen. Nicht wahr, es ist ein schönes Bewußtsein, alles der eigenen Arbeit zu verdanken?«

»Ja, mein teures Fräulein! Und ich bin eigentlich erst froh geworden, habe zu leben erst angefangen, seit mir dieses Bewußtsein gekommen ist. Das Beste aber verdanke ich Ihnen, Ihrer Anregung, unseren Gesprächen in jenen glücklichen Tagen des Waldlebens. Soll diese Zeit für uns ganz und gar vergangen sein? Jetzt erst weiß ich, wieviel ich Ihnen noch zu sagen hätte!«

»Drei Jahre ist es her –« sagte Elfriede, um doch etwas zu sagen.

»Drei Jahre und vier Monate!« verbesserte er. »Am Morgen des Johannistages mußte ich von Ihnen Abschied nehmen, und jetzt sind wir in der zweiten Hälfte des Oktober!«

»Geben Sie in der Schule auch Rechenstunden?« fragte sie neckend.

»Nein, aber die Stunden, die Jahre meiner Erinnerung, meiner Sehnsucht nach einem Wiedersehen, habe ich genau zu berechnen gewußt! Mein teures Fräulein, ich muß leider heut' zu Nacht schon wieder abreisen! Noch nicht in meine Berufstätigkeit, sondern zu einem anderen gerichtlichen Termin –.«

Ein fröhliches Lachen wurde im Nebensaale vernommen, wo eine Gruppe von Herren und Damen im lebhaften Gespräch beisammen standen.

»Der auch hier?« unterbrach sich Chlodwig mit dem Ausdruck des Grolls und der Verachtung. »Muß mir der nichtswürdige Gauner noch einmal unter die Augen treten?«

»Wen bezeichnen Sie mit diesem Ehrentitel?« fragte Elfriede erstaunt.

»Wen anders als jenen Bankier Bornhofen! Er war mein Gegner vor Gericht, derselbe, dem ich unterlegen bin. Den Prozeß hat er gewonnen, aber wer sonst die Sache kennt, ja selbst einer der Richter hat mir vertraut, die gute Meinung und das Rechtsgefühl wären nicht auf seiner Seite. Er ist es, der meinen unglücklichen Vater zugrunde gerichtet hat. Mit ein wenig Nachsicht, Rücksicht, geschäftlichem Anstand hätte er ihn vor dem Fall bewahren können, aber – ach, warum rede ich von solchen Dingen, da mir doch die Gelegenheit geworden ist, mit Ihnen zu sprechen!«

Elfriede hatte mit stiller Erbitterung diesen Anklagen zugehört, die ihr den, wenn auch unerklärten Widerwillen gegen den Mann nur bestätigten. Jetzt aber sah sie, daß ihre Unterhaltung mit Chlodwig nicht nur gestört werden sollte, sie empfand es auch schmerzlich, daß ihre Bekanntschaft mit Bornhofen dem Freunde einen üblen Eindruck hervorrufen mußte.

Man hatte sie entdeckt. Damen und Herren kamen auf sie zu, begrüßten sie, hatten ihr viel zu sagen, und mit der Miene eines Siegers näherte sich ihr Herr Bornhofen.

Chlodwig, der sich die Geliebte plötzlich ganz entrückt sah, blickte befremdet und erschreckt auf das Gewühl. Sein Freund befand sich wieder an seiner Seite. »Es handelt sich um ein Konzert,« erklärte er. »Ich singe selbst im Baß mit. Der Komponist ist in plötzliche Verlegenheit wegen des Lokals geraten, und Bankier Bornhofen hat sein Haus zur Disposition gestellt. Selbstverständlich ist die Mehrzahl der Mitwirkenden entzückt darüber, da sich ohne Zweifel eine brillante Gesellschaft daran schließen wird. Die Dame, mit welcher Sie sich unterhalten haben, ist unsere Solistin, und wird die Hauptstimme übernehmen.«

»In Bornhofens Hause?« rief Chlodwig im Innersten erschreckt.

»Nun ja doch! Er wirbt sehr stark um sie. Man sagt, sie sei eigentlich schon verlobt mit ihm. Ist es noch nicht der Fall, so wird es nicht mehr lange dauern bis dahin.«

Durch Chlodwigs Gemüt ging ein Schauder. Das war in diesem Augenblick mehr als ein Todesstoß für seine Hoffnung! Für eine Hoffnung, die er im stillen gehegt, die er unterdrücken zu müssen geglaubt, die plötzlich bei Elfriedens Anblick wieder aufgetaucht war, um ihm mit Erfüllung zu schmeicheln, ihn über sich selbst zu erheben. Nun fühlte er sich wie vernichtet und fürchtete, dem Freunde schwer seine Erschütterung verbergen zu können. Der aber, als ein Beteiligter an dem musikalischen Ereignis, hatte sich der aufgeregten Gruppe auf eine Weile angeschlossen, so daß Chlodwig in einer Seitengalerie sich etwas sammeln konnte. Er hatte übel von dem Manne gesprochen, der Elfrieden so nahe stand, er mußte um Entschuldigung bitten, sagte er sich. Wenn Elfriede gar nichts für ihn selbst empfand, als etwa ein wenig auf die Erinnerung gebautes Wohlwollen, so wollte er sich von dem Vorwurf befreien, absichtlich den Ankläger des Mannes gespielt zu haben, den sie gewählt hatte. Und plötzlich stand es ihm deutlich vor Augen, wie wenig er einer so talentvoll und bedeutend angelegten Natur in seinem unscheinbaren Dasein zu bieten habe! Sie gehörte auf einen großen Schauplatz des Lebens. Sie hatte niemals eine Hoffnung in ihm aufgemuntert, sie hatte nichts an ihm verbrochen.

Was in ihm selbst auch darüber zugrunde gehen mochte, äußerlich mußte er sich als Mann fassen und noch einmal ein Gespräch mit ihr suchen. Aber das war in diesen Sälen schwierig. Denn die Gefeierte blieb der Mittelpunkt, um den sich immer wieder ein neuer Kreis drehte. Chlodwig sah Elfriede den Saal verlassen und mit einigen Damen in einen Wagen steigen, der sie seinen Blicken entführte. Er muß seinem Schicksal fürs erste überlassen bleiben, da die Geschichte sich um Elfriede zu kümmern hat.

Als sie endlich in ihrem Stübchen angelangt war, sank sie erschöpft in das Sofa, denn sie hatte ein langes Drängen und Bestürmen aushalten müssen. Und das nach einem Augenblick, da sie den Freund wiedergesehen, bei dessen Anblick, bei dessen Stimme plötzlich in ihr aufgelodert war, was bis dahin nur wie verstohlene Funken in ihr geglimmt hatte. Das Anerbieten Bornhofens erschien ihr, obgleich sie keinen Einblick in den Zusammenhang hatte, wie eine geplante Absicht. Wie hätte sie in dem Hause des Mannes singen, wie dasselbe nur betreten mögen, des Mannes, welchen der Freund so tief zu verabscheuen Grund hatte? Niederschlagend war es für sie zugleich, daß Chlodwig sie in seiner Gesellschaft, daß er seine Zuvorkommenheit gegen sie gesehen, daß er von den Gerüchten, welche, wie sie wohl wußte, über sie und Bornhofen umherschwirrten, erfahren und ihnen Glauben schenken könne. Gar zu gern hätte sie Chlodwig noch einmal gesprochen. Aber wie sollte sie in der ungeheuren Stadt dazu gelangen? Und abends schon wollte er abreisen! – Vor allem doch, er mochte davon erfahren oder nicht, die Genugtuung wollte sie ihm und sich selbst geben, den Plan Bornhofens zu vereiteln. Sie schrieb sofort einige Zeilen an den Komponisten mit der Erklärung, daß sie in seiner Kantate nicht mitwirken werde. Das, sagte sie sich, war kein Verbrechen, denn es wurde kein gutes Werk dadurch zerstört, und ein Ersatz für sie war bis übermorgen wohl auch noch zu finden. Aber dachte sie dann an die neuen Bestürmungen, da sie täglich mit so vielen Menschen zusammenkam, so ergriff sie in ihrer jetzigen Gemütslage ein solcher Ekel vor dem Gesellschaftstreiben, daß sie in einer schleunigen Flucht die einzige Erlösung sah. Sie überzählte ihre Barschaft. Dieselbe erschien ihr ausreichend zu einer kleinen Reise. Als Ziel wählte sie das Häuschen der alten Hellers. Vielleicht durfte sie dort die innere Ruhe finden, an Chlodwig einige Zeilen der Rechtfertigung zu schreiben. Schnell packte sie das Nötigste zusammen, immer in Furcht, durch irgend jemand in der Flucht gehindert zu werden, und gelangte abends, innerlich erschöpft, auf den Bahnhof.

In sommerlicher Regenzeit hatte sie eine Gegend verlassen, von der sie erst jetzt wußte, wie teuer sie ihr geworden war; unter strömenden Herbstgüssen, fröstelnd in der schlechten Fahrgelegenheit, die sie vom Haltepunkte der Bahn nach dem Städtchen brachte, langte sie wieder an. Das Mütterchen begrüßte sie zwar freundlich, aber doch nicht so wie das erste Mal, denn es hatte selbst den Kopf und das Herz voll von allerlei Trübsal. Da war die Nachricht gekommen, daß ihre Schwiegertochter gestorben und der Sohn mit den Enkeln ihrer Gegenwart recht bedürftig wären! Aber sie konnte ja nicht fort, denn der alte Herr war bettlägerig und fühlte sich sehr schwach. Und dazu hatte sie zu klagen über schlechte Dienstboten – ach, sie wurden mit jedem Jahre schlechter und unzuverlässiger! Und es wurde überhaupt immer miserabler auf der Welt! Elfriede betrat ihr früheres Stübchen, in welches der Kutscher den Koffer gesetzt hatte. Es war nicht gelüftet, die Vorhänge fehlten, überzähliger Hausrat stand ohne Sorgfalt oder Ordnung umher. Sie konnte sich kaum entschließen, Hut und Mantel abzulegen, sank auf einen Stuhl nieder und mußte es über sich ergehen lassen, daß Tränen, bitter und reichlich, ihren Augen entströmten. – Wer unerwartet ankommt, mit dem Gefühl, auch sehr unbequem anzukommen, kann den Wunsch nicht unterdrücken, so schnell als möglich wieder abzureisen. Da das nicht tunlich war, blickte Elfriede reuig und ratlos in das trübe Wetter hinaus, sah den Hühnern zu, die sich prüfend über den Schmutz der Straße versuchten, oder den wenigen Gestalten, welche, durch Geschäft und Beruf gezwungen, unter Tüchern und Schirmen von Haus zu Haus eilten. Es war noch früh am Tage, und nach durchfrösteter Nacht sehnte sie sich nach etwas Erwärmendem zur Erquickung. So ging sie zur Küche, um sich selbst zu helfen, oder die Hausfrau zu unterstützen.

Als nachmittags der Regen aufgehört hatte, rüstete sie sich zu einem Ausgange, um alte Lieblingsplätze aufzusuchen. Aber je näher sie der bekannten Waldgrenze kam, deuchte ihr die Gegend verändert. Sie betrat die Stätte des Waldes, aber nicht mehr den Wald selbst. Zwischen dem Unterholz und Gestrüpp sahen nur noch die Strünke der Stämme hervor. Die ganze Bergseite nach der

Talschlucht zu stand kahl, der Wald war niedergeschlagen, das Holz hin und wieder noch aufgeschichtet, verdorrtes Gezweig lag wüst über den Boden gestreut. Elfriede ging zaudernd durch diese Verwüstung. Der Platz am Felsen, wo sie den Freund zuerst gesehen, lag öde da, auch die alte breitästige Buche war nicht mehr am Platze. So muß denn wirklich alles Schöne zugrunde gehen? rief es in ihrem Herzen. Müssen wir die Stätte unseres stillen Glücks so schnell zerstört sehen? Soll, was wir rein und tief erlebten, für alle Zeit verloren sein? Knüpfen sich die holdesten Bande des Lebens nur, um schmerzlich wieder zerrissen zu werden? An eine Holzschicht gelehnt, stand sie und blickte über das Trümmerfeld. Tränen füllten ihre Augen noch einmal. Denn jetzt erst fühlte sie, daß sie Chlodwig liebte, mit ganzer Kraft ihrer Seele. Das Wiedersehen hatte darüber entschieden. Und nun, in dieser trübseligen bangen Stimmung, erschien ihr auch ihre Liebe hoffnungslos. Sie glaubte sich von ihm mißachtet, für immer verworfen! – Langsam, fast unwillkürlich nahm sie den Weg zum Dorfe hinunter. Ein Wagen mit Feldfrüchten fuhr langsam dahin, das Gespann wurde geführt von einem nebenher schreitenden jungen Knechte. Seine Züge kamen ihr bekannt vor, auch er stutzte, und zog mit blödem Lächeln die Mütze, ohne seinen Weg aufzuhalten. »Girgl, bist du's denn wirklich?« rief sie. Er nickte verlegen. Aus dem allerliebsten Geißbübchen war ein halbwüchsiger, aber schon recht langbeiniger und reizloser Bursche geworden. Er stand als Knecht bei einem Bauern in Dienst. Verlegen brachte er jetzt nur einige Antworten über die Lippen. Doch erfuhr Elfriede, daß die alte Trude gestorben sei, aber noch eine Genugtuung erlebt habe. Denn der brave Gabriel Neuntöter war eingesteckt worden, und vermutlich lebenslänglich, weil er, nach dem Ausspruche Girgls, »Geschichten gemacht« hatte.

Der Regen begann von neuem, und Elfriede wendete sich nach Hause. Sie setzte sich an das Lager des Kranken, suchte in sich selbst nach Dingen, die ihn durch Gespräch erheitern sollten. Aber die alte Frau war auch von der Gesellschaft, und für sie schien jede Ablenkung unmöglich. Klagen, trostlose Schilderungen, Schlechtigkeiten ringsumher! Als die Rede auf den gefällten Wald kam, berichtete sie, daß der Besitzer desselben nun auch gestorben, und der heillosen Wirtschaft in seinem Hause damit ein Ziel gesteckt sei. Elfriede horchte plötzlich auf. Der Verstorbene war Chlodwigs

Oheim. Frau Heller hatte bei dem früheren Besuche sich gehütet, über den alten Gutsbesitzer etwas mitzuteilen, da sie den Neffen desselben mit Elfrieden im Verkehr sah. Jetzt aber war ihr die Zunge gelöst, und sie erzählte von der Spielhölle, die er im Hause unterhalten, von den Gelagen mit seinen Kumpanen, und wie er all sein Hab und Gut so gotteslästerlich durchgebracht habe, daß für die Erben nichts und gar nichts übrig geblieben sei.

Wenn Elfriede aus der Hauptstadt mit dem Plan abgereist war, in der Einsamkeit an Chlodwig zu schreiben, sich vor ihm zu rechtfertigen, so fühlte sie jetzt die Unmöglichkeit eines solchen Versuches. Zwar in Gedanken schrieb sie diesen Brief immerfort, aber jede Fassung verwarf sie wieder. Es erschien ihr wie Zudringlichkeit, was immer sie ihm auch sagen mochte; es warnte sie eine ernste Stimme vor dem ersten Schritte der Annäherung. Und doch hätte sie vergehen mögen vor innerem Weh. Sie, die immer stark und mit Ausdauer auch harte Lebenslagen überwunden hatte, fühlte sich zum erstenmal im Innersten schwach, und diese Erkenntnis bedrängte sie nur noch empfindlicher. So vergingen mehrere Tage, freudlos, öde, nicht minder aufreibend, als wenn sie dieselben im Treiben der Hauptstadt hätte durchleben müssen. Sie beschloß auch zurückzukehren, sie wollte wieder gefaßt sein und im Strome der großen Welt den Schmerz über ihre zerstörte innere Welt überwinden.

Noch einmal ging sie auf dem Feldwege, jetzt zwischen den kahlen Stoppelfeldern, unter grau bedecktem Himmel, der Waldstätte entgegen. Da tauchte aus dem hohen Gestrüpp eine Gestalt vor ihr auf, und, wie aus der Erde gewachsen, stand Chlodwig vor ihr. Sie erschrak über die unerwartete Erscheinung, und ein leiser Schrei entfuhr ihren Lippen. Er aber schritt mit ernstem Gruße auf sie zu und schien sich über die Begegnung nicht zu wundern.

»Sie sind zu dem alten Platze zurückgekommen, gnädiges Fräulein, und ich auch!« begann er ruhig. »Wir wußten beide nicht, wie wir diese Gegend wiederfinden würden, wiewohl ich sie mir nach den empfangenen Forstberichten einigermaßen verändert vorstellen konnte.«

Elfriede hatte sich bezwungen. »Alles zerstört!« sagte sie. »Die schönen Bäume!«

»Baume und Wald wachsen aufs neue,« entgegnete er, »und ähnliche Täler und Berge, ja schönere, gibt es überall. Wir, die wir los und ledig durch die Welt gehen, haben wenigstens den Vorteil, uns nach Gefallen Bäume und Schatten suchen zu können.«

Schweigend gingen sie eine Weile nebeneinander her. Dann begann er: »Ein alter Bekannter von uns, Girgl genannt, sagte mir, daß er Sie wieder in der Gegend gesehen habe, und so wollte ich nachforschen, ob er wahr gesprochen. Sie fragen vielleicht, was mich hergeführt? Mein Oheim ist gestorben und hat mich wirklich zum lachenden Erben der fünf Tanten gemacht.«

Aber es war für beide nicht die Stimmung zum Scherzen da. Bald darauf hub er wieder an: »Verzeihen Sie, mein gnädiges Fräulein, wenn ich mich in Dinge mische, die – mich nichts angehen! Ich wurde einen Tag länger, als ich Ihnen angegeben, in der Hauptstadt, zurückgehalten. Einige Stunden benutzte ich, um Sie aufzusuchen, denn ich fühlte die Notwendigkeit, mich zu entschuldigen, gewisser Äußerungen wegen, die ich über jemand getan. Ich fand Ihre Wohnung verschlossen und empfing die Nachricht Ihrer plötzlichen Abreise.«

»Ich bitte Sie, diese Entschuldigungen ganz zu übergehen!« sagte Elfriede. »Eher war ich Ihnen eine Rechtfertigung schuldig. Meine plötzliche Abreise war der Anfang dazu.«

Er sah sie überrascht an. »Diese Abreise soll doch wohl nicht im Zusammenhang stehen mit meinen Äußerungen?«

Elfriede nahm ihre Kraft zusammen. »Sie scheinen Freunde in der Hauptstadt zu haben,« sagte sie. »Vielleicht wurde von denselben auch über mich gesprochen! Was sagten sie?«

»Gnädiges Fräulein – nun wohl! Ein Bekannter von mir, der in einer Musikaufführung mitwirken sollte, darin man auch auf Sie gerechnet hatte, teilte mir in der letzten Stunde unseres Beisammenseins mit, daß Sie Ihre Beteiligung plötzlich aufgegeben hätten. Es entstand Verwirrung und Aufsehen, zumal man sich – bei der Lage der Dinge – Ihren Rücktritt nicht erklären konnte.«

»Und was verstand man unter dieser – Lage der Dinge? Reden Sie ganz ohne Zurückhaltung!«

»Man sagte, daß – Herr Bornhofen die Aussicht habe, Ihre Neigung zu gewinnen, daß er sein Haus –«

»Das Gerücht lügt!« unterbrach ihn Elfriede mit Heftigkeit. »Der Mann ist mir niemals auch nur von der geringsten Bedeutung gewesen, und ich glaube dies durch mein Betragen ihm und den Leuten gezeigt zu haben! Sein Haus wollte ich nicht betreten. Um mich dazu zu zwingen, wußte er jene musikalische Aufführung schließlich in seine Räume zu locken – ich bin überzeugt, daß es ein abgekarteter Plan war! Auch ohne Ihre Aufklärung würde ich seine Schwelle nicht überschritten haben. Was Sie mir aber mitteilten, bestätigte nur meinen geheimen Widerwillen und bewog mich zu einem Schritte, der die Überklugen auch über meine Gesinnung ein wenig aufklären soll!«

Chlodwig hatte mit beglückender Überraschung und in tiefster Seele aufatmend zugehört, aber zu erwidern vermochte er im ersten Augenblicke nichts. Auch Elfriede schwieg, und so schritten beide wortlos eine Weile nebeneinander hin. Sie hätten einander so viel zu sagen gehabt, das Herz hätte ihnen überquellen mögen, aber es erschien so unsagbar schwierig auszusprechen, was denn doch nicht länger zu verhehlen war. Das letzte fühlte Chlodwig von Sekunde zu Sekunde mehr, und plötzlich blieb er stehen und die Worte rangen sich von seinen Lippen: »Elfriede! Lassen Sie mich alles auf einmal sagen!«

Sie schrak zusammen und ihr Herz pochte lebhafter. »Auf diesem Boden wanderten wir einst als Freunde, harmlos, fast wie beglückte Kinder!« so fuhr er fort. »Meine Freundschaft hat sich befestigt, vertieft – ich liebe Sie! Liebe Sie mit jedem Herzensschlage, mit jeder Regung meiner Seele, mit jedem Gedanken! Ich habe die Kühnheit, Sie vom Geschick für mein Dasein zu verlangen! Elfriede – entscheiden Sie über mein Geschick!«

Sie sah ihn an mit Augen, die sich feuchteten vor unendlichem Glücksgefühl, aber ihr schienen Worte noch zu fehlen. Endlich rief sie: »Ach! ich hätte Ihnen selbst längst das gleiche sagen mögen!«

Nun aber brach das Entzücken des jungen Mannes in lauten Jubel aus, und indem er die Geliebte mit kräftigem Arm umschloß, schienen alle seine Lebensgeister zu noch unbekannter Freudigkeit erwacht. Lag auch der Himmel grau und herbstlich über den Glücklichen, war auch der Wald niedergehauen, der Weg rauh und uneben, sie vermißten nicht die alte Wipfelpracht, noch die verschwundene Sommersonne. »O du einzig Geliebte!« rief Chlodwig. »Du sollst, wenn du mein bescheidenes Leben teilen willst, doch nicht in die Wüste mit mir! Kunst und auch eine geistige Welt haben auch wir in unserer kleinen Residenz; ein schönes Museum, ein gutes Schauspiel, Anregung und frohes Streben, und auch ein Stückchen von großer Welt, auf die du nicht zu verzichten brauchst.«

»Hier soll meine Welt sein!« rief sie, indem sie ihn umschlang. »Hier allein! Die große Welt, in der ich aufgewachsen, gilt mir nichts mehr, wenn ich in dieser ewig daheim bleibe!«

»Und denke nur nicht, daß du einen bloßen Bettelmann zum Liebsten hast!« fuhr er im hin und her eilenden Gespräche fröhlich fort.« Bin ich doch sogar ein Erbe. Zwar von diesem Grund und Boden und drüben von dem Hause meines Ohms gehört mir nichts mehr. Das hat alles verkauft werden müssen, um die Schulden der alten munteren Graubärte zu decken, die hier so löblich gewirtschaftet haben. Aber mir sind noch die Abbilder der fünf Tanten geblieben – ja sogar, zu meiner höchsten Überraschung, noch etwas – von den Hunderttausenden doch ein paar allerliebste kleine Tausend! Für einen armen Schulmeister ein unerhörtes Kapital! Ach Liebste! daß Besitz auch glücklich machen kann, fühle ich erst in dieser Stunde!«

»Er reicht doch nicht an das, was wir innerlich schon besaßen!« entgegnete Elfriede. »Beide haben wir schon Ernstes und Hartes im Leben erfahren, aber unsere Kraft daran bewährt. Als wir uns fanden, warst du der jüngere, wiewohl wir gleichen Alters sind. Nun aber sollst du mir der ältere sein, denn du weißt zu handeln, weißt dich zu bescheiden, und hast die hellen Augen des Lebensmutigen, die ich über mir weiß, und in die ich schaue, um mein Glück und Heil darin zu finden!«

Arm in Arm schritten sie auf dem Wege dahin, der jetzt nur noch mit Gestrüpp und aufgeschichtetem Holz eingefaßt war. Und dennoch fanden sie ihn schön, und die Stunde schöner als alle vergangenen aus den ersten Tagen ihres Waldlebens.

Über tredition

Eigenes Buch veröffentlichen

tredition wurde 2006 in Hamburg gegründet und hat seither mehrere tausend Buchtitel veröffentlicht. Autoren veröffentlichen in wenigen leichten Schritten gedruckte Bücher, e-Books und audio-Books. tredition hat das Ziel, die beste und fairste Veröffentlichungsmöglichkeit für Autoren zu bieten.

tredition wurde mit der Erkenntnis gegründet, dass nur etwa jedes 200. bei Verlagen eingereichte Manuskript veröffentlicht wird. Dabei hat jedes Buch seinen Markt, also seine Leser. tredition sorgt dafür, dass für jedes Buch die Leserschaft auch erreicht wird.

Im einzigartigen Literatur-Netzwerk von tredition bieten zahlreiche Literatur-Partner (das sind Lektoren, Übersetzer, Hörbuchsprecher und Illustratoren) ihre Dienstleistung an, um Manuskripte zu verbessern oder die Vielfalt zu erhöhen. Autoren vereinbaren direkt mit den Literatur-Partnern die Konditionen ihrer Zusammenarbeit und partizipieren gemeinsam am Erfolg des Buches.

Das gesamte Verlagsprogramm von tredition ist bei allen stationären Buchhandlungen und Online-Buchhändlern wie z. B. Amazon erhältlich. e-Books stehen bei den führenden Online-Portalen (z. B. iBookstore von Apple oder Kindle von Amazon) zum Verkauf.

Einfach leicht ein Buch veröffentlichen: **www.tredition.de**

Eigene Buchreihe oder eigenen Verlag gründen

Seit 2009 bietet tredition sein Verlagskonzept auch als sogenanntes "White-Label" an. Das bedeutet, dass andere Unternehmen, Institutionen und Personen risikofrei und unkompliziert selbst zum Herausgeber von Büchern und Buchreihen unter eigener Marke werden können. tredition übernimmt dabei das komplette Herstellungs- und Distributionsrisiko.

Zahlreiche Zeitschriften-, Zeitungs- und Buchverlage, Universitäten, Forschungseinrichtungen u.v.m. nutzen diese Dienstleistung von tredition, um unter eigener Marke ohne Risiko Bücher zu verlegen.

Alle Informationen im Internet: **www.tredition.de/fuer-verlage**

tredition wurde mit mehreren Innovationspreisen ausgezeichnet, u. a. mit dem Webfuture Award und dem Innovationspreis der Buch Digitale.

tredition ist Mitglied im Börsenverein des Deutschen Buchhandels.

Dieses Werk elektronisch lesen

Dieses Werk ist Teil der Gutenberg-DE Edition DVD. Diese enthält das komplette Archiv des Projekt Gutenberg-DE. Die DVD ist im Internet erhältlich auf **http://gutenbergshop.abc.de**

Zeitfracht Medien GmbH
Ferdinand-Jühlke-Straße 7
99095 Erfurt, Deutschland
produktsicherheit@kolibri360.de